「なに、書いて……るん、だ」
「おまえの乳暈のサイズだ。三ミリ大きくなってる。順調なエロさだな」

illustration by CHIHARU NARA

発育乳首《はついくちくび》～白蜜管理《はくみつかんり》～

秀 香穂里
KAORI SHU

イラスト
奈良千春
CHIHARU NARA

Lovers Label

CONTENTS

序章

……ズキズキする。

桐生義晶《きりゅうよしあき》はちいさく頭を振って、身体を覆《おお》う快感《かいかん》から意識をそらそうとしたが、かたわらに腰掛けている男に乳首をきゅうっとひねられて、思わず声を上げてしまった。

坂本裕貴《さかもとゆうき》が右手で桐生の乳首をつまみ、もう片方の手にはボールペンを握《にぎ》っている。

「く……ぅッ……ん、ん、も、いや、だ……っ」

「まだ早いだろ。始めて三分も経《た》ってない」

冷徹な声で言う坂本は、膝《ひざ》の上に開いたノートにさらさらとなにか書き付けている。

「なに、書いて……るん、だ」

「おまえの乳暈《にゅううん》のサイズだ。半年前に比べて三ミリ大きくなってる。順調なエロさだな」

「くそ、おまえ……っ、あ、あ、あ！」

ベッドに組み敷かれた桐生は、金属《きんぞく》のメジャーを乳首にぴたりと当てられ、思わずはしたない声を上げてしまう。

ひんやりした感触が熱い素肌《すはだ》を狂《くる》おしくさせる。

「一ミリ、二ミリ……三ミリ。うん、やっぱり三ミリ成長してるな。乳頭《にゅうとう》はどうだ？」

「ばか、も、やめ……っ」

男らしい顔立ちに無精髭《ぶしょうひげ》を生《は》やし、ボストン眼鏡《めがね》をかけた坂本が真面目《まじめ》な表情で胸に顔を近づけてくる。

「……ふぅん、いい感じに育ってるな。ココが勃起《ぼっき》したら女にも負けない淫乱《いんらん》乳首のできあがりだ」

「だれの、せいだと……！」

「俺のせいだ。それと、桑名《くわな》と叶野《かのう》」

にやりと笑って、坂本がピンと尖《とが》りを指先で弾《はじ》く。そんな些細《ささい》な刺激にでさえ腰の裏が震えるほどの快感がこみ上げてきて、怖くなる。

男にしては肥大《ひだい》した肉芽を桐生は隠《かく》し持っていた。平時ならばまったく気にならないのだが、坂本、そして彼が口にした桑名守《くわなまもる》と叶野廉《かのうれん》の三人に触れられると、たちまち火がつく。

桐生をめぐって三人の男たちと奇妙《きみょう》な関係が始まって、もう半年が経つ。

十月初旬。そろそろ今年も羽毛布団《うもうぶとん》を取り出す頃かと考えながら帰宅したところ、有無を言わさずに同居人である坂本に押し倒された。

桐生が勤めるのは中堅《ちゅうけん》の貿易《ぼうえき》会社だ。二十九歳で国内のイベント兼、雑貨部門の課長という立場はそれなりに満足のいくものだ。

このまま順調に出世していけば、おそらく五年後ぐらいには部長職に就《つ》けるだろう。その現部長というのが桑名で、叶野は桐生の直属の部下だ。

同じ大学からの腐《くさ》れ縁《えん》で同居生活を続けている坂本は、在学中からずば抜けた成績を誇《ほこ》っており、いずれはどこかのシンクタンクへと教授《きょうじゅ》たちからも期待されていたが、無類のギャンブル好きとねじくれた才能が絡《から》み合い、いまは大人の玩具《おもちゃ》作りに精を出している。

桐生はまるで興味がないけれど、その世界では有名人なのだとか。

日々、アダルトグッズ開発に余念がない坂本に不毛な片恋を続けて十年。

一方的に部屋に押しかけられて同居するばかりか、彼の生み出す玩具の実験台にされている。

男の胸を育てることに執心《しゅうしん》する坂本は、シリコン製の吸盤《きゅうばん》やクリップで桐生の乳首をことあるごとにいたぶってきた。

その結果、桐生の胸の肉芽はぽってりと熟《う》れ、妖《あや》しく色づくようになってしまった。

豆粒大《まめつぶだい》のそこをコリコリと弄《いじ》られ、吸盤を取り付けられて、きゅうっとひねられると中の空気が吸《す》い上げられて乳首にじわじわとした疼《うず》きを与える。

桐生が真っ赤な顔をして怒っても坂本は意《い》に介《かい》さず、吸盤の吸い付き具合を冷静に確かめ、あまつさえ下肢《かし》まで探ってくる。

そこに情欲は微塵《みじん》もなく、桐生が胸への刺激で昂《たか》ぶるかどうかだけを知りたいらしい。

今夜もそうだ。秋用のコートも脱《ぬ》がないうちからベッドに組み敷かれて、雑にワイシャツとネクタイをはだけられ、つぶらかな乳首に吸盤を取り付けられた。

その先端《せんたん》を思いきりひねられて、きゅうっと乳首を吸い上げられてしまうと、どう堪《こら》えたって掠《かす》れた声が漏《も》れ出る。

「も……いいだろ……っ離せ！」

吸盤を外《はず》し、淫《みだ》らに赤くふくらんだ乳首のサイズをメジャーで測っている男を怒鳴りつけた。

変人坂本につき合ってたら夕飯も食いっぱぐれる。

キッチンのほうからはいい匂《にお》いが漂《ただよ》っていた。

「今夜は栗ごはんだ。それと天ぷらも揚《あ》げてやるからもう少し我慢《がまん》しろ。射精《しゃせい》できるか？」

「できるわけ――ない……っ」

スラックスの前は硬く盛り上がっていたが、意地でもイきたくない。

十年の片恋は微妙《びみょう》な形で終わりを告げ、互いに好きだと認め合ったものの、そこに桑名と叶野が加わってくるから、この関係はますます複雑になっている。

桐生としては、包容力《ほうようりょく》のある上司の桑名、そして素直で聞き分けのいい部下の叶野にも好感を持っていた。

三人の男はそれぞれ異なる魅力《みりょく》を持っている。セックスに挑《いど》む姿勢も違う。やさしく抉《えぐ》ってくる桑名に、雄々《おお》しく責めてくる叶野。

そして――坂本。坂本とはまだ正式に身体を重ねたことがない。

彼の頭を占めるのは大人の玩具であって、桐生はそのミューズなのだそうだ。

アイデアの源泉《げんせん》とも言える桐生を抱いてしまえば、禁忌《きんき》に触れるとでも言わんばかりに、坂本は一線を越えてこない。

過去、何度か身体をまさぐられ、一度はキスもされたが、そこまでだ。四人で抱き合った夜は、半年経ついまでも忘れられない。

「……は……ぁっ……はなせ……も……やだ……」

「つれないことを言うな。三ミリに育ったお祝《いわ》いをしてやる」

全身でのしかかられて乳首を指できつめに捏《こ》ねられれば、嫌でも下着の中で肉竿がびくんと跳《は》ねる。

それを悟《さと》ったのだろう、坂本が器用に片手でベルトのバックルを外し、ジリッと金属が噛《か》む音を響《ひび》かせてジッパーを下ろしていく。

長い指がボクサーパンツの縁《ふち》を引っ張った途端《とたん》、ぶるっと硬い肉芯が飛び出した。

「ハハ、もうぐしょぐしょじゃないか」

「言うな……っ……！」

先走りでとろとろになった亀頭の丸みを、手のひらで愉《たの》しむようにくるくると撫《な》で回したあと、くびれをきゅっと甘苦しく締め付けてきた。

そのままごしゅごしゅと勢いをつけて扱《しご》かれてしまえば、ひとたまりもない。一日の疲れもあって桐生はあえなく陥落《かんらく》し、罪深《つみぶか》い快楽《かいらく》に堕《お》ちていく。

「あ、あ、っ、も、も、だめ、だめ、イく、出る、イく……っ」

男の手で熱を帯びた性器をいいように弄《もてあそ》ばれ、一気に高みへと昇《のぼ》り詰《つ》めた。

全身が跳ねるほどの射精感に襲われて思いきり放つ。坂本の骨張《ほねば》った手のひらに、びゅっ、びゅっ、と精液を打ち付け、それでも治まらずに腰を震わせた。

もう、存分に男を知っている身体だ。

最奥まで暴《あば》かれる快感を知ってしまったいまでは、ただ扱かれて放つだけでは満足しきれないのが自分でも悔《くや》しい。

「ずいぶん出たな。昨日も搾《しぼ》り取ってやったのに」

「お、まえ……」

ぎらっと濡《ぬ》れた目で坂本を見上げる。

ここでいっそ彼も欲情して、奥深くまで貫《つらぬ》いてくれればいいのに。

一度でいいから、ちゃんと抱いてほしいのに。

枕元に置いていたタオルで桐生の下肢《かし》を拭《ぬぐ》った坂本は、桐生の荒《あら》い息遣いにいまさら気づいたかのように、ちいさく笑って肩を竦《すく》めている。

「ほら、シャワー浴びてこい。メシの用意をしておくから」

そう言って立ち上がり、さっさとベッドルームを出ていってしまった。

「……くそ……」

乱れた下肢を両手で覆《おお》い隠しながら呻《うめ》く。

いたずらに疼かされ、確かに一度は放ったけれども、身体の奥のほうでズキズキするほどの快感が蠢《うごめ》いている。

それは桐生ひとりではどうにもならないことだ。

桑名や叶野でないかぎり解放されない快楽の泉《いずみ》を、身体の深いところに抱え込んだまま、呑《のん》気《き》に栗ごはんの味を確かめに行った男をなじった。

まったく、どうしてこんなことになっているのだろう。

「はい！　これが招待状《しょうたいじょう》です」

「招待状……」

「わたしの結婚式の招待状ですよ、課長。十二月に挙げる話、忘れちゃいました？」

「あ、いや、覚えている」

ランチタイムが終わりかけの社内で、部下の女性から渡された白い封筒《ふうとう》を受け取り、桐生は微笑《ほほえ》んだ。

「あらためて結婚おめでとう。式にも呼んでもらえて嬉《うれ》しいよ」

「すみません、社内で手渡ししちゃって」

「構わないよ。それより、結婚後も仕事を続けてくれるのが嬉しい。きみは優秀な部下だから」

素直な賛辞《さんじ》に女性社員は、ぱっと顔をほころばせ、くすぐったそうに身をよじる。

以前、社内で叶野に恋愛相談を持ちかけていたのが彼女だ。相談というより、のろけと言うべきか。あの頃にはもう結婚が決まっていたのだろう。

叶野や桑名に攻められて揺れていた時期だった。

叶野たちが女性社員たちにモテることはよくわかっている。

よき上司、部下とともに、最近国内でもはやりだしてきたグランピングを根付かせようと気《き》炎《えん》を上げる中で、彼らへの想いを確かなものとしていったのだ。

式は再来月。十二月の祝日に、都内の有名ホテルで人前式を挙げるとのことだ。

「他には誰を呼んでいるんだ？」

「桑名部長と叶野さんです」

「そ、……そうか」

自分をめぐっていまだにどちらが先制攻撃を仕掛けられるか、仲よく争っているふたりの名を出されて内心ひやりとする。

桑名と叶野の仲はいたって良好だ。

二十五歳の叶野と三十九歳の桑名とでは歳の開きが大きく、社内での立場も違う。しかし、ひとたびホテルの部屋の扉《とびら》を閉めてしまえば、上司と部下の関係は崩《くず》れる。

「お、もしかして結婚式の招待状ですか？」

外回りから戻ってきた明るいグレイのスーツに身を包んだ叶野が、自分のデスクに鞄《かばん》を置いて、笑顔で近づいてくる。

女性社員は「はい」と微笑み、叶野にも白い封筒を手渡した。

「ほんとうはこの部署の皆さんをお呼びしたいんですけど、式場の広さや予算の都合上そうもいかなくって……課長には入社当時からお世話になったし、叶野さんにはいろいろ相談にも乗ってもらったし」

「僕も仲間入りさせてもらえて嬉しいよ」

長身の男が、ひょいっと姿を現す。喫煙《きつえん》ブースで一服してきたらしい、桑名だ。

季節にふさわしいチャコールグレイのスリーピースがなんとも大人の男らしい色香を漂わせている。上品なイエローのネクタイには愛用の馬蹄《ばてい》のタイピンが飾られていた。

桑名に憧《あこが》れて、桐生もスリーピースを愛用するようになった。

「あ、部長、よかった。これ、招待状です。課長と叶野さん、皆さんでいらしてくださいね」

「ご祝儀《しゅうぎ》をはずまないとね」

「いえいえそんな。来てくださるだけで嬉しいです」

「もうドレスは決まったの？」

叶野が気さくに問えば、女性社員は輝くばかりの笑顔で頷《うなず》いた。

「も～、あんなに楽しい時間ってないです！　お姫様になった気分でした。レンタルなんですけど、クラシカルスタイルから人気デザイナーの最新ドレスまでいろいろ試させてもらって、結局、百枚近く着ました」

「それはすごい。結構、疲れたんじゃないのかい？」

「帰りの電車の中でぐっすり寝ちゃいました。彼のほうは三着で終わったのに」

照れくさそうに言う女性を中心に、皆で声を上げて笑った。

「結婚式は新婦が主役だからね。きみのウェディングドレス姿、いまから楽しみにしているよ」

「俺も俺も。人前式に出席するのは初めてだから、気合い入れていかないと。課長も、ね」

「ああ。スーツを新調しないとな」

二十九歳ともなれば、結婚式に呼ばれる機会も多くなる。一応、礼服はあるのだが、もう一着ぐらい上等なものを用意してもいい。いつも同じ礼服では新鮮味《しんせんみ》に欠けるし、招《まね》いてくれる新郎新婦も華やかに装《よそお》った客を喜ぶだろう。

「お色直しは何回するんだろう」

「二回します。ほんとは三回したかったんですけど、皆さんを疲れさせちゃうだろって彼に言われて」

「楽しみだね。ビデオ係、もう決まってるんだっけ」

「はい、プロのカメラマンの他に、親戚《しんせき》の子がやってくれることになってます。親戚の子のほうはアットホームに撮ってもらおうと思って」

「俺もスマートフォンで撮っちゃおう。綺麗《きれい》な花嫁《はなよめ》さんと花婿《はなむこ》さんを友だちにも見せたいし」

「僕も撮ろう」

賑《にぎ》やかに盛り上がる中、桑名がちらっと視線を向けてきて、「ホテル、どうする？」とさりげない口調で訊《き》いてきた。

「え？」

「ホテルだよ。せっかくの有名ホテルでの結婚式だ。僕たちも前泊か当日泊まるはどうだろう」

「いいですね、銀座のホテルでしょう？　皇居前のあのホテルに泊まる機会なんてなかなかないから、彼女の結婚式にかこつけて泊まるのもいいアイデアですよね」

桑名と叶野がそろって目配せをしてくる。

そこに潜《ひそ》む淫靡《いんび》なサインにどきりとし、「課長も一緒に泊まりましょうよ」と肩を叩《たた》かれたときには、びくっと腰が跳ね上がった。

「式関係者なら割引で泊まれますから、わたしのほうで手配しておきましょうか？　三名分で」

なにも知らない女性社員が朗《ほが》らかに言い、「頼めるかな」と桑名が品のある笑みを返す。

「きーまり！　再来月は三人で一緒にお泊まりですね。前日に泊まるなら銀座をぶらぶらするのもいいし、当日泊ならホテルのラウンジでゆっくりするのもいいかも」

「いいね。きみたちのスーツ姿も楽しみだ」

「……私たちのスーツなんて毎日見てらっしゃるでしょうに」

「礼服は特別なものだよ」

見事なウインクをする桑名の頭上で、午後の始業のチャイムが鳴る。

「この件については、またあらためて話を詰めよう」

「ですね。んじゃ、午後の仕事も頑張りますか」

ぐうっと伸びをして自席に戻っていく叶野をきっかけに、女性社員も「わたし、外回り行ってきまーす」と立ち去る。

その場にひとり残った桑名が腰をかがめ、ちいさな声で囁《ささや》いてきた。

「来月が愉《たの》しみだね、桐生くん？　とは言っても、そこまでの間、まるでお預けを食らうのは厳《きび》しいかな」

「……っ」

鼓膜《こまく》に染《し》み込む艶《つや》やかな低い声に、意識がたちまち蕩《とろ》けそうだ。

「楽しいアイデアがあるんだ。あとでラインするよ。さあ、仕事仕事」

「――はい」

肩を軽く叩かれ、深く息を吸い込む。

そうだ、仕事だ。ここは職場だ。不埒《ふらち》な考えに浸《ひた》っている場合ではないと己《おのれ》を叱咤《しった》し、桐生はパソコンと向かい合った。

「週末に桑名さんちへ呼ばれた？　俺も？　なんでだ」

「なんでだろう……ていうか、おまえのところにもラインが届いただろ」

「ああ、グループラインに届いてたな。その上に昨日のおまえのエロい写真が表示されてたから、ついそっちに見入っちまった」

「写真を送ったのはおまえだろうが」

その晩の食事は肉味噌《にくみそ》もやし鍋《なべ》だった。桐生の家では十月になると早々に鍋が始まる。

桐生が金を出す代わりに、坂本が家事のほとんどをこなしていた。

毎日鍋でもいいと思うぐらい、レパートリーが多い坂本は料理上手の上、掃除も洗濯も完璧だ。顔もそれなりにいいのだし、無精髭さえ剃《そ》ればイケメンの家事代行サービスだって務まるだろうに。

以前そう言ったら、『おまえが相手だからやってんだよ』と意味深な言葉が返ってきた。

あれは恋愛感情に基づくものなのか、それとも同居させてもらっている申し訳なさから来るのか。

自由奔放《じゆうほんぽう》な坂本の性格からして、後者は絶対にない。彼が申し訳ないなんて頭を下げるところは、欠片《かけら》も想像できない。

だったら恋愛感情なのかといくらかの期待を抱《いだ》きたくなるが、「今日はなにをやってたんだ」という問いかけに、「パチスロ」と返ってきて台無しだ。

「新しい店ができてさ、結構出るんだ。おまえを送り出したあとすぐに並びに行って、夕方まで打ってた」

「おまえな……」

「睨《にら》むなよ。ちゃんと勝ったぜ。俺は損《そん》しないギャンブルしかやらないと決めてるんだ」

「昔、競馬《けいば》で大損《おおぞん》したじゃないか」

「若かりし頃の失敗は忘れることにしてるんだ」

パチスロで勝って上機嫌《じょうきげん》の坂本は早くも一膳目《いちぜんめ》を平らげ、「おまえもお代わりするか？」と茶碗《ちゃわん》を持って立ち上がる。

「じゃあ、半分」

「わかった」

年末もたぶん競馬と宝くじに突っ込むのだろう。せっかくアダルトグッズで儲《もう》けても、坂本はすぐに金を溶《と》かしてしまう。

「そういえば……最近、仕事している気配がないけど、なにも作ってないのか」

ごはんのお代わりを受け取りながら訊けば、ネイビーのルームウェア姿の坂本がにやりと笑う。

「ちょっと考えてることがある。まあ、まだ試作《しさく》段階かな」

「そうか」

大人の玩具製作といえど、なにもしないよりはマシだ。

ふたりで綺麗《きれい》に鍋を平らげたあと、坂本が淹《い》れてくれたほうじ茶を飲みながらスマートフォンをチェックする。

四人で関係を築いていくと決めたときから、グループラインが作られた。そこに投稿されるのは主に桐生の痴態《ちたい》だ。

半年前、四人で交わったあとは大変だった。

汗《あせ》みどろになって悶《もだ》え狂う桐生の恥ずかしい写真が桑名、叶野、坂本それぞれから送信され、何度スマートフォンを叩き壊《こわ》しそうになったことか。

乱交になったのは、あのとき一度かぎりだが、桑名に、あるいは叶野に誘《さそ》われてどうしても抗《あらが》えず、組み敷かれる夜は幾度《いくど》となくある。

そういう夜にも写真は撮られ、他の者を牽制《けんせい》するように、桐生のはしたない姿はグループラインに投稿された。

それで坂本がやきもきするかと思いきや、「おまえのよがる姿、結構いいよな」と余裕たっぷりだからむかつく。

いまのところ、桐生の身体に挿《はい》ってこないのは坂本だけだ。

アダルトグッズを作っているくせに、自身の性欲は薄いのか。それとも、桐生が知らないところでこっそり処理《しょり》しているのか。それとも秘密の恋人がいるとか。

あれこれ考えているともやもやする。あらためてグループラインをチェックし、先ほど届いた桑名のメッセージに目を通した。

『桑名：今度の土曜、午後一時に僕のマンションへ来てくれ。新しいプランを思いついたから、一度内輪でテストがしたい。叶野くん、桐生くん、坂本くん、待ってるよ。一泊していってほしいから、各自準備してきてほしい。料理はこちらで用意するから』

桑名の家に行くのは皆、初めてだ。部長職だし、そもそもいいところの家の出だと噂《うわさ》に聞いている。

「タワマンかな。でも、ゆったりした低層マンションって可能性もある。桑名部長の年収だったら、独り住まいでも広い部屋に住んでそうだ」

「だな。あの男、おまえに夢中なんだよな。ワンコの叶野といい勝負だ」

ずず、とほうじ茶を啜《すす》る坂本が椅子の上であぐらを組む。

そういうおまえはどうなんだという問いかけは、ほうじ茶と一緒になんとか飲み下し、メッセージの意図を探ることにした。

「新しいプランってなんだろう……アイデアを出すのは叶野や私たちの役目だから、桑名部長からこんなことを言ってくるのは珍《めずら》しい」

「半年ぶりに乱交しようぜってお誘いじゃないのか？」

「……無責任なこと言うな」

「叶野と桑名が最高に盛り上がれるよう、開発中の玩具を持っていくか」

「持っていくな。パジャマと下着と歯ブラシだけにしろ」

「さてと、どうかな。当日のお楽しみとしておこう。せっかくご招待いただいたんだしな」

機嫌よく鼻歌を歌いながら坂本は後片づけを始める。食器洗いは息抜きのひとつなのだそうだ。自炊《じすい》はおろか、食器洗いも面倒だと思う桐生とは大違いだ。

今日は火曜日。

誘われた土曜日まではまだ数日ある。

襲《おそ》いかかられたら必死に抵抗しなければ。

桐生としては目一杯《めいっぱい》抵抗するつもりだが、どこまで通用するか。理性と本能を天秤《てんびん》にかけ、いつもいつも理性の皿に錘《おもり》を乗せるのに、叶野や桑名の指と舌が肌を擦《こす》った途端《とたん》、思いきり本能の皿がガタンと重たく下がるのだ。

一対一でセックスするならともかく、三人の男に囲まれるという構図に慣れるはずがない。なにもかも彼らのせいだ。坂本に乳首を育てられたせいだ。

約半年前に開かれた会社の呑《の》み会で、叶野たちにこの胸の秘密を見られていなければ、こんなことにはなっていなかった。

いや、元を正せば自分が酔《よ》わなければよかったのだ。

酒が回り、みっともなく崩《くず》れ落ちたことで酒の入ったグラスを倒し、シャツを濡らした。それを案じた桑名と叶野が慌《あわ》ててハンカチで拭い——坂本が育てた乳首に気づいたのがすべての始まりだ。その後トイレで叶野に襲われ、日を置かずに桑名にも手を出された。

それまで桐生は誰とも寝たことがなかった。性的な体験をひとつもしてこなかったのだ。

なのに、乳首だけを敏感《びんかん》に育てられ、叶野や桑名といった狼《おおかみ》の前に放り出された。

「おい、赤ずきんちゃん、なにぼうっとしてんだ。風呂沸《わ》いてるから入れよ」

「誰が赤ずきんちゃんだ」

胸の裡《うち》を読んだかのような坂本に言い返し、席を立つ。

今夜からバスタイムが長くなりそうだ。

二章

「へえ、こんなに広いところにお住まいなんですね。さすが桑名部長」

楽しげにリビングに足を踏み入れる叶野のあとに続き、桐生も坂本を連れて入る。

ダイニングルームと続きになっているリビングは、四十畳近くあるだろうか。麻布《あざぶ》に建つ低層階マンションの最上階を陣取っている桑名の部屋は、目を瞠《みは》るほどに広い。なんと、暖炉《だんろ》まで設《しつら》えられていた。

「この暖炉、本物ですか？」

「いや、電気式。都内のマンションで火を焚《た》くのは難しいからね。でも、軽井沢の別荘には本物の暖炉があるよ。今度、皆を招こう」

「軽井沢の別荘！　うわ、部長、めちゃくちゃいいお育ちなんですね。噂には聞いてたけど」

「両親が資産家なだけだよ。僕は大学入学をきっかけに独立したんだ。ただ、このマンションの頭金だけは両親のプレゼントだ。ありがたい話だよ」

「豪華ー……」

庶民代表のような叶野が物珍しげにあちこち見て回る。オフの今日、叶野は薄手のニットにジーンズというスタイルで、坂本も似たようなものだ。桑名と桐生はシャツにカーディガンを羽織《はお》るトラッドスタイルだ。

桑名は微笑みながらアイランドキッチンに入り、両開きの冷蔵庫の扉を開ける。

「まずはビールかな？」

「おっ、いいですね。乾杯《かんぱい》しましょうか。あとで他の部屋も見てみたい」

「いいよ。自慢《じまん》のバスルームもぜひ見せたいな」

「もしかして、ジャグジー風呂とか？」

「当たり。いい勘《かん》してるね。さすが叶野くんだ。四人で入れるよ」

「ほんとに？」

すごいすごいとはしゃぐ叶野が桑名を手伝い、両手に持った缶ビールを桐生たちに手渡してきた。

低層階といっても周囲に高い建物がないので、窓からの眺望《ちょうぼう》はいい。富裕層《ふゆうそう》が住む街だ。あたりは静かで、落ち着いている。

これが六本木ともなると街の様相は一変し、一気に賑《にぎ》やかになる。食べるところも遊ぶ場所にも困らないが、住むには適していない。

その点、この麻布は完璧だ。周囲に外国の領事館《りょうじかん》が多いせいで、治安もいい。表通りから一本裏側に入った閑静《かんせい》な住宅街だ。あたりには一軒家《いっけんや》が建ち並んでいる。

「再来月の結婚式、楽しみですね。課長、もしよかったら俺にスーツを見立ててくれません？冠婚葬祭《かんこんそうさい》用のブラックスーツは一着持ってるけど、せっかくのお祝いの場だし、もう少し華やかでもいいかなと思って」

「私もちょうど新調しようと思ってたんだ。わかった、今度時間を作ろう」

「やった」

笑顔で頷く叶野は、また窓の外を見ている。

「結婚式って？」

ソファに並んで座る坂本が訊いてきた。

「私の部下の女性が再来月式を挙げるんだ。そこに桑名部長や叶野も呼ばれていて」

「へえ、結婚式か……なるほど」

興味深そうな顔で坂本は缶ビールに口をつけている。その横顔がなんとなく悪巧《わるだく》みをしていそうで目が離せない。

「おまえ……なんか変なこと考えてるんじゃないだろうな」

「べつに。結婚式なんて一生無縁《むえん》だなと思ってただけだ」

「だろうな」

変人坂本が可愛い女性と家庭を築くなんて、一ミリも想像できない。家事は得意だが、それ以外はてんでだめな男だ。馬好きだし、大人の玩具作りに熱中するし、すぐにギャンブルで借金を背負うし。

　顔のよさに惹かれて、不毛な片恋を十年もした自分が言うのだから間違いない。

「坂本に結婚生活は向いてないよ」

「言われるまでもない。桐生もだろ。仕事ばかりしていて恋愛にはまるで興味がない。万《まん》が一《いち》結婚したとしても、パートナーに三日で愛想《あいそ》を尽《つ》かされるのが目に見えてる」

　さらっときついことを返されたが、そんなところでいちいち怒っていたら坂本の同居人なんて務まらない。

「坂本さんと桐生課長、大学時代からのつき合いなんですよね？　ずっと一緒に暮らしてるんでしたっけ」

「ああ、こいつは……アダルトグッズ製作しか頭にないから、私が食わせてやってるんだ」

「言うよなぁ。おまえがいまこいつらに可愛がられてるのは、もとを正せば俺の功績だろ？」

「坂本！」

「まあまあ、喧嘩《けんか》するほど仲がいいってことだね」

　くすりと笑う桑名が仲裁《ちゅうさい》に入ってくる。大人の男四人が座ってもまだ余裕のある大型のL字型ソファにそれぞれ腰掛けた。

　缶に残るビールが半分ほどになったところで、「そういえば」と桐生は切り出した。

「部長、なにか新しいアイデアを思いついたとおっしゃってましたね。どんなアイデアですか」

「ああ、以前グランピングの企画が当たっただろう？　いまも好調で、さまざまなホテルから注文が来るのはありがたいことだ。でも、グランピングは結構、値が張るという点もある。もともと、リゾート地に建つホテルが企画することが多いしね」

「確かに。湘南《しょうなん》や館山《たてやま》といった海沿いのホテルには軒並《のきな》み人気がある企画です。緑や星が綺麗な信州《しんしゅう》でも採り入れられてきましたけど、マイカーがないと気軽に行けないひとはいそうですよね」

「だろう？　まあ、電車に乗ってのんびり行くのも旅の醍醐味《だいごみ》だが、限られた時間を移動に割かれたくないと思うひともいる。もっと気楽にキャンプ気分を味わいたいってね」

「公園じゃ焚き火は禁止だし、家の中にテントを張るというのも難しいかもしれないし……」

「そこで」

桑名がタブレットＰＣを向けてくる。そこには都心のマンションのベランダが映し出されていた。

狭《せま》いベランダだが、カラフルなシートを敷き、サンドイッチやマフィンを載せた籠《かご》もあれば、べつの写真では豪勢《ごうせい》に焼き鳥を大皿に盛り付けたものもある。クッションをちりばめ、ＬＥＤランタンを置いている写真もあった。

「これは……」

「ベランピング、というそうだ。最近少しずつブームになってきている。自宅のベランダでキャンプを楽しもうというアイデアだ」

「へえ、いいですね。これなら俺の家でも気軽にできそう」

「だろう？　家族や少人数の友だちとだけで楽しむ、お手軽キャンプだ。これを次の企画にしたいと思って、今日きみたちを呼んだんだ」

「なるほど。いい考えですね。この場合、つき合いのある雑貨屋さんたちに協力を仰《あお》いで、企画を盛り上げるとか。店頭でベランピングに必要なグッズを陳列してもらうのはどうでしょう？」

「その線が固いよね。僕もそう思う。まず、なにが必要かな。一応ネットでベランピングに必要なものはリサーチしてみたけど、実際、こんなものがあったらいいなという意見をきみたちから聞いてみたくてさ」

長い足を優雅《ゆうが》に組む桑名に、皆が身を乗り出す。

「まず、できない点をあぶり出しましょうか。焚き火は無理ですよね」

桐生が言うと、隣《となり》の叶野が膝《ひざ》の上に肘《ひじ》をつき、両手で顎を支える。

「ベランダの広さにもよるけど、テントも難しいかな」

「そのふたつがキャンプの一番大きな魅力《みりょく》だから、なんとか他のアイテムに置き替えたいよね。

——坂本くんはどう思う？」

話を振られ、ビールを呷《あお》っていた坂本が「俺？」と親指で自分を指さす。

「そうだなぁ。俺、インドア派だからあまりいいアイデアは出ないけど、自宅のベランダだろ？　寝袋を用意するってのはどうだ。自宅のベランダで寝るってのもなかなかないだろ」

「確かに」

「付け加えると、自宅だと風呂にすぐ入れるのがいい」

「それ、キャンプに関係あるか？」

桐生の問いかけに、坂本は深く頷《うなず》く。

「これからの季節冷え込むからな。熱い風呂に入りたい。秋冬のキャンプって確かに楽しそうだけど、風呂には入れないだろ」

「近くに立ち寄り湯があるキャンプ地は人気高いよね」

桑名は納得したような顔でタブレットPCを操作し、関東の人気キャンプ地を表示して見せてくれる。

長野や栃木、静岡に群馬。どこも魅力的な土地ばかりだ。車や電車で行けるエリアで、これからなら紅葉も楽しめるだろう。それに、どこも温泉がある。

「坂本くんの言うとおり、夜は熱い風呂でのんびりしたいよね。欲を言えばこういう温泉地に行きたいところだが、忙《いそが》しかったり、予算の都合がつかなかったりするひともいるだろう」

「それで、ベランピングですか」

「そう。で、今日ひとまずうちにあるものでベランピングを皆で楽しんでみたいと思って呼んだんだ。パジャマと下着は持ってきた？　歯ブラシや剃刀《かみそり》はお客様用があるよ」

「ひととおり持ってきました」

「俺も」

桐生に続いて、叶野も足元に置いた黒のバックパックをぽんぽんと叩く。仕事柄、一、二泊の出張もよくあり、桐生と桑名はボストンバッグ派で、叶野は両手が空くバックパック派だ。

「ここのバルコニーはテントが張れるぐらの広さはあるんだが、でもまだ用意していないから。今夜はとりあえず皆それぞれゲストルームで休んでほしい」

「ありがとうございます」

頭を下げたついでに、「あの」と言う。

「すみません、お手洗いお借りしてもいいですか？」

「構わないよ。廊下《ろうか》を出た先の二番目にある扉が一番近いトイレだ」

「じゃ、お借りしますね」

席を立ち、広いリビングを通り抜けて廊下に出る。

低層階の最上階ワンフロアが桑名の持ち物らしく、いったいいくつ部屋があるかわからない。トイレも二箇所はあるんじゃないだろうか。ひょっとしてバスルームも複数あるのかもしれない。

先ほど、皆に泊まっていってほしいと言っていた。ということはゲストルームが四部屋以上はあるのだろう。

さらりと両親が資産家だと言っていた桑名だが、桁外《けたはず》れかもしれない。

教えられたトイレもまた広かった。室内には洋式トイレの他に洗面台が設えられ、手を拭くための厚地のタオルが壁にかけられている。ブラウンとホワイトでまとめられたトイレを物珍しげに眺めて用を足す。

洗面台に立って手を洗い、近くに置かれていたペーパーボックスから二枚引き抜いて水気を拭き取る。

男の独り暮らしとしては完璧だ。きっと、定期的にクリーニングサービスを受けているのだろう。

コンコンとノックの音が響く。誰かトイレに入りたいのだろうかと思って鍵《かぎ》を開け、「すまん」と言い、外で待っていた相手と入れ替わりになろうとしたが、ぐっと左肩を摑《つか》まれて個室に押し込まれた。

「な……っ……坂本！」

「しー」

ひと差し指をくちびるの前に立てる坂本はいたずらっぽい表情だ。

うしろ手に個室の鍵を閉め、桐生を壁に追いやる。

「どうしたんだ、坂本……」

「せっかくのチャンスだ。試したいことがある」

「なんだ？　なに……っぁ……あ……！」

目を白黒させているうちに素早くスラックスの前をくつろげられ、淫靡《いんび》に肉竿を揉《も》み込まれた。

上司の家にいるのに、なにをするというのか。

「ばか、やめろ！　なにしてるんだ……っ」

ボクサーパンツをずり下ろされていやらしく性器を扱かれ、息が浅くなってしまう。

こんな場所で感じたくない。みっともなく達したら、とてもしらふで桑名や叶野の前に戻れない。

必死にもがいたけれども、ぎっちり羽交《はが》い締めにされて身動《みじろ》ぎもできない。

肉茎の先端を指でくるくるなぞられ、だんだんと反《そ》り返《かえ》っていく。熱い手のひらで握《にぎ》られると、たちまち昇り詰めそうだ。

「ほら見ろ。いい目つきをしてる」

顎《あご》をくいっと親指で持ち上げてくる坂本にうながされ、ぼんやり霞《かす》む意識で鏡《かがみ》をのぞいた。

目尻が赤く染まり、潤《うる》みきっている。いまにも泣き出しそうな自分がそこにいた。濡れたくちびるが恥ずかしいほどに卑猥《ひわい》だ。

「おまえ、俺の指に弱いよな。十年もしてやってんだからいい加減飽《あ》きたっていいのに」

「……っ、勝手なこと……っ言って……」

反駁《はんばく》する間もねちねちと丸い亀頭を捏ねられ、やさしく撫《な》でられる。

シャツの一番下のボタンだけが外され、いきり勃《た》ったものを露出《ろしゅつ》している自分を鏡の中に認めるのが怖い。

「ここを締め付けられるのが好きだろ」

「あっ、ぁ、は、ぁっ、う……んっ」

くびれをきゅうっと締められて瞼《まぶた》を強く閉じた。身体の奥にぐるぐると熱が渦巻《うずま》いていて、いまにもあふれ出しそうだ。

ただ扱かれているだけなのに、ひどく気持ちいい。

腐れ縁だからこそ知っている性感帯をあますことなく暴かれ、裏筋をかりかりと爪《つめ》で引《ひ》っ掻《か》かれた。

「も、だめ、だ、……頼む、から……っ」

「イきそうか?」

「……っぅ……」

「イきたいよなぁ、桐生。任せとけ」

ヌチュヌチュと扱かれてたまらずに洗面台の縁《ふち》を握り締めた桐生は前のめりになる。その隙を狙《ねら》って坂本が手早くスラックスを引きずり下ろし、尻の狭間《はざま》にするりと指を這《は》わせてくる。

「最近使ってなかったのか。きついぞ」

「……く……ぅ……っ」

鏡に映る坂本が口を大きく開け、二本の指をしゃぶる。じゅるっと音が響くのがいやらしい。濡れた指で再度、窄《すぼ》まりを探られた。今度はさっきよりもいくらかなめらかに指が挿《はい》り込んできた。じゅぷりと抉《えぐ》ってくる指に息を呑むと、最初から前立腺《ぜんりつせん》を淫らに擦られて喘《あえ》いでしまう。

「や、っだ、やだ、さか、もと」

「いいことしてやるよ」

最初はきつく感じた指が次第に馴染《なじ》み、媚肉をかき回してくる。もう何度も男に貫《つらぬ》かれた身体だが、そう始終、桑名と叶野に抱かれているわけではない。全員仕事が忙しいこともあって、とくにこの一か月は誰とも交わっていなかった。

だからもっと抵抗してもいいのだけど、坂本に弄《いじ》られているという事実は、否が応でも桐生を熱くさせる。

甘く蕩《とろ》けた肉襞が節くれ立った指に纏《まと》い付き、坂本が指を挿入《そうにゅう》してくるたびに、ぬちゃぬちゃと音を立てる。

「まさか——ここで……?」

淡《あわ》い期待と不安をない交《ま》ぜにして問うと、肩越しに坂本が笑いかけてくる。ボストン眼鏡をかけた男らしい相貌《そうぼう》は冷静だ。

「まさか」

そっけなく言い放ち、坂本はジーンズのポケットからちいさな箱を取り出す。蓋《ふた》を開き、楕《だ》円形《えんけい》をした金属製の物体を見せつけてきた。

「なにかわかるか？」

「……なん、だ、それ」

「アナルプラグ。おまえのここをゆるめるための器具だ。これを嵌《は》めてあいつらとひと晩過ごせ。誰が最初におまえの色香に気づいて手を出してくるか見物だな。これは俺が開発したばかりのジュエリーアナルプラグだ。アクセサリー感覚でおまえのここを拡げてやれる。クールで淫乱なおまえには、青が似合うと思ってサファイアを持ってきた」

先端に輝くサファイアがついたそれは根元は細くても、そこから先は大きくダイヤ型にふくらんでいる。それをべろりと舐《な》め、坂本は、ぐうっとねじ込んできた。

「ひ――ぁ、ア、ッ、や……！」

「うん、いい感じだな。少しずつ挿れるぞ」

「う……っ」

生温《なまあたた》かい金属が火照《ほて》った襞《ひだ》を舐《ねぶ》り、孔を拡げていく。

きつい、苦しい――でも、まだ快感が奥で待っている。

さして大きなものではないので、すぐにぴたりと嵌《は》まった。

桑名や叶野のものとは比べらものにならないほどちいさなものでも、いまの桐生には酷《こく》だ。

「この栓《せん》を開ける男が誰か楽しみだな。その綺麗なツラでせいぜい澄《す》ましてろよ」

「くそ……っおまえ……！」

坂本に尻をぽんっと軽く叩かれた。その響きでずしんと腹の底に重たい振動が伝わり、床に崩れ落ちそうだ。

「よし、これでいい。皆のところに戻ろう」

シャツとスラックスを元どおりにした坂本がにやりと笑い、シャツの上から乳首を強めにひねりながら耳元で囁いてきた。

「思いきり焦《じ》れてこい」


ふらつきながらリビングに戻ると、桑名と叶野はアイランドキッチンに立ち、炊飯器を確かめている。

「ごはん、……炊《た》いてるんですか」

「焼きおにぎりにしようと思って」

「卵焼きも作ろうか。鶏《とり》の唐揚《からあ》げも必要かな？」

「それだとピクニックのお弁当って感じですよね。ハムの塊《かたまり》を焼くとか」

「ああ、ちょうどこの間、いいハムをもらったんだ。厚切りにして焼こう」

「で、ベランダでいただくと」

「……いいですね」

なんとかふたりの会話に混じる。

いましがた坂本にいたずらされたところがジンジンして、足元も覚束《おぼつか》ない。妙《みょう》な器具を押し込まれたせいで腰が疼き、最後におまけのように乳首を探られたせいで、そこもじんわりと熱を孕《はら》んでいた。

身体の秘密がバレるのが怖くて、彼らから距離を置き、自分にもなにかできることはないかと探す。

桑名が握った綺麗な三角形のおにぎりをフライパンで焼き、醬油《しょうゆ》を塗り付ける役目を請《う》け負った。叶野は大きなハムの塊に驚いていて、嬉しそうに切り分けている。

「オーブンで軽く焼こう。ほんとうは焚き火で焼きたいところなんだけどね」

「そいつを床で食うってのはどうだ？」

ふらりと坂本が姿を現した。

「桑名さんだったらレジャーシートぐらい持ってるんだろ。ここ、リビング広いしさ」

「でも、ベランピングでしょう？　バルコニーにシートを敷くほうがいいんじゃ」

「雨、降ってきた」

坂本が窓の外に親指をくいっと向ける。

「あちゃー、降ってきたか。降水確率五十パーセントって言ってたんだけどな」

「本物のキャンプだったら、テントの中で雨や雪をしのぐところだよね。でもまあ今夜の僕らは初心者キャンパーだから、ゆるく行こう。ごはんのあとはカセットコンロでお湯を沸かして、コーヒーを飲むんだ」

「いいですねえ。アルコールも欲しいです」

「ああ、美味しい日本酒があるんだ。風呂に入ったあと、シートに座って日本酒を酌《く》み交わすのもオツだよ」

「楽しみです」

控《ひか》えめに言って、おにぎりをひっくり返し、醤油を刷毛《はけ》で塗《ぬ》り付ける。

――うずうずする。

どこと言わずとも、身体中が。

ぼんやり夢想《むそう》に耽《ふけ》っていたら、おにぎりをちょっと焦《こ》がしてしまった。

「醤油のいい匂いですね」

くんくんと鼻を鳴らす叶野が、さりげなく近づいてきてどきりとする。

自然体の叶野はひと一倍鼻が利きそうだ。この身体の変化に気づかないでくれと内心祈《いの》りながら、「美味しそうだな」と平静を装う。

うまい具合に焼けたところで、桑名が前もって用意していた紙製の皿に焼きおにぎりを盛りつける。

叶野はハムを、桑名が綺麗にトマトとキュウリを切り分け、皿に並べる。坂本はアイランドキッチンのカウンターに頬杖《ほおづえ》をついておもしろそうに眺めているだけだ。

「さあ、できたできた。僕はレジャーシートを敷くから、皆で皿を持ってきてくれるかい？坂本くん、冷蔵庫にビールが入ってるからどうぞ」

「オッケー」

坂本がちらりと桐生に目配せしながら冷蔵庫を開け、缶ビールを四本取り出す。

ソファセットとは反対側の床に、カラフルなレジャーシートを敷いた桑名があぐらをかく。

その前に、桐生と叶野が料理の載った皿を置いた。坂本がビールを配り、各自プルタブを引き抜き、「乾杯」と触れ合わせる。

冷えた苦みを一気に半分ほど呑み干し、身体の疼きを吹《ふ》き消してしまいたかったが、あぐらをかいていることでアナルプラグがより奥深くを抉る。

感じやすい孔を、無機物で拡げられているという事実から意識をそらしたい。

サファイアなんて高価な石が大人の玩具についていていいのか。変人坂本のことだから、石もいろいろと集めて製作し、コレクター魂を煽《あお》るに違いない。

もぞもぞしながら香ばしい焼きおにぎりを口に運び、ハムを頬張る。新鮮《しんせん》なトマトやキュウリも美味《おい》しいはずなのだが、ちょっとした動作で身体の奥が、ずきんと罪深《つみぶか》く疼くのがなんともやるせなかった。

この秘密を抱えたまま、なんとか無事に明日の朝を迎《むか》えたい。

あらかた料理を食べ終え、紙皿を回収して回る叶野が、お代わりのビールを持ってきて配る。今夜はいくら呑んでも酔えなさそうだ。

「この四人で集まるというのも半年ぶりだね」

食後の煙草《たばこ》をくゆらす桑名が、楽しそうに微笑む。

落ち着かない桐生も、自分の煙草に火を点けた。重たい煙《けむり》を肺の底までずしんと入れると、身体のざわつきが少し治まる。

「叶野、最近、桐生としたか？」

坂本の唐突な問いかけに息を呑む桐生の横で、叶野が眉尻《まゆじり》を下げる。

「一か月もお預け食らってるんですよ。もうしんどくてしんどくて。会社で何度押し倒しそうになったことか。ところで、桑名部長は？　俺の知らない間に課長をいただいちゃったりしてませんか？」

「それが僕もこの一か月ご無沙汰《ぶさた》なんだよ。このまま今夜は乱交としゃれ込みたいが、半年ぶりに三人もの男を受け入れる桐生くんの立場も考えてあげないとね。いろいろ準備だって必要だろう。そういう点、同居している坂本くんが一番羨《うらや》ましいな。いつでも桐生くんを触り放題だろう？」

「まあな」

桐生の煙草のパッケージから一本抜き出した坂本が、顔を傾《かたむ》けてライターの火を灯《とも》す。普段吸わない彼が煙草を手にするときは機嫌がいいときだと、桐生は長年のつき合いで知っている。

天井に向かってふうっと白い煙を吐き出す坂本は、皆をおもしろそうにぐるりと眺める。

「俺が今日ここに来たのは、べつにあんたらと仲よしごっこしようってつもりじゃないんだ。ただ、桐生を求め合うあんたたちに、いいアイデアがある」

「坂本さんも、なんかおもしろいこと考えてるんですか？」

ほろ酔い加減の叶野が屈託《くったく》なく笑いかける。その顔に坂本は自信満々といった感じで胸を反らす。

「もっと乱れる桐生が見たいと思わないか？」

「見たいです」

「見たいね」

食いつきのいい叶野と桑名に、くくっと笑う坂本が、細い煙草をとんとんと叩いて灰を灰皿に落とす。そして、咥《くわ》え煙草のまま言った。

「桐生の射精管理《しゃせいかんり》をしたいと思わないか」

一瞬、全員が黙《だま》り込んだ。

坂本の言っている意味が、意識に浸透《しんとう》しなかったのだ。

「……射精、管理……？」

おそるおそる叶野が訊く。アナルプラグを埋《う》め込まれた桐生は、血の気が引く思いだった。

なにを言っているのだ、いったい。

射精管理とは、どんなことなのか。

「詳しく教えてくれないか」

身を乗り出した桑名に、坂本は煙草を押し潰《つぶ》し、くしゃくしゃの頭をかき回す。

「言葉どおりだ。桐生の射精を管理する——その専門道具を作ってる最中なんだ」

「具体的にどんな感じなのか教えてくださいよ」

叶野も食い気味《ぎみ》だ。

「桐生が感じやすい熟《う》れた乳首を隠し持っているのは皆が知っているところだろう。乳首を触っただけでイける身体だ。そんな敏感《びんかん》な身体をコントロールし、イきたくてもイかせないようにする玩具を作ってるんだ」

「それはそれは……」

「へえ、イきたくてもイかせないことができるんだ……」

桑名と叶野がそろって舌舐めずりするのが怖い。

食後の和《なご》やかなムードがぶち壊しだ。三人の視線を一手に受ける桐生は身を竦《すく》め、ごくごくとビールを呷《あお》る。

「その玩具の写真とか、いまあるんですか？　見たいんですけど」

「桐生がその気になったらな。一応、俺でも気を遣ってるんだぜ？　桐生が本気で嫌がることはしたくない。他人に射精を制御《せいぎょ》されるなんて、お高くとまった桐生にとっちゃ屈辱《くつじょく》の極《きわ》みだろうからな」

「他人事《ひとごと》みたいに言うな……！」

我慢ならなくて逃げようとした瞬間、アナルプラグが、くりっと媚肉の弱いところを抉り、言葉が尻すぼみになってしまう。

「そう怒るなって。俺は俺なりにおまえが好きでいろいろ考えてるんだ」

「あー、ずるい。俺だって課長が大好きですよ。いますぐ熟れ熟れのおっぱいに吸い付きたいぐらい」

「僕は桐生くんの綺麗な顔を精液で汚したいかな」

皆、いい感じにアルコールが回っているみたいだ。破廉恥《はれんち》な言葉をすらすらと口にし、熱い視線を向けてくる。

見つめられるだけで裸《はだか》にされそうだ。

いまここで六本の手が伸びてきたら、拒《こば》めるだろうか。

――抗わないと。

「課長のおっぱいをちゅうちゅうしたいなぁ……でも射精させてあげられないなんて最高。だめだめ、イきたいって泣いてよがる課長を想像しただけで興奮しますよ」

「……叶野、おまえ酔ってるだろ」

「課長にね」

ウインクする部下を睨み、ビールの残りを飲み干す。お代わりをしようかと思ったが、これ以上呑むと悪酔いしそうだ。風呂だってまだなのだし。

「勝手なことを言うな。私はその、……管理されるなんてごめんだ。坂本も変なものばかり作るな」

「おまえが俺を刺激するからだろ？　お綺麗で取り澄ましたおまえが、アンアン喘ぐところを想像すると、製作意欲が湧《わ》くんだよ」

やっぱりどうしようもない変人だ。

深くため息をつき、下肢《かし》を意識しないように努めながら立ち上がる。

「……お風呂、先にいただいていいでしょうか」

「ん？　もう眠い？　いいよ。バスルームは二箇所あるから、お好きなほうをどうぞ」

先ほどの好奇心《こうきしん》剥《む》き出しの視線とは真逆のやさしい口調だ。そんな桑名に内心たじろいだが、素直にバスルームの場所を教えてくれたので、ひと足先に逃げ出すことにした。

アナルプラグが埋め込まれたところを慎重《しんちょう》に洗ってシャワーをあて、広い円形のバスタブに浸《つ》かってから、サニタリールームに出て、持参してきた下着とパジャマを身に着けた。オフホワイトのオーガニックコットンの生地が肌に触れるとほっとする。何度も洗って、自分好みに馴染んだ感触だ。

リビングに戻ってみれば、もう三人は散会していた。桑名だけが残っており、「きみの部屋に案内しよう」といざなってくれる。

高級ホテルのシングルルームに負けず劣《おと》らずの、シックな内装がほどこされた部屋には、セミダブルのベッドとテーブル、そして椅子《いす》、テレビにクローゼットまであって、なんの文句もない。

「すごいですね。こんなゲストルームがいくつもあるんですか」

「たまに仕事で、海外からのゲストに泊まってもらうことがあるからね。冷蔵庫にはソフトドリンクとアルコールが入ってるから、好きに呑みなさい。グランピングの話はまた明日しよう」

「はい、おやすみなさい」

「おやすみ」

少し前までの淫靡な雰囲気《ふんいき》が嘘《うそ》のように、穏《おだ》やかに微笑んだ桑名が扉の向こうに消えていく。

ひとつ息を吐いて冷蔵庫からミネラルウォーターのペットボトルを取り出し、ベッドの縁《ふち》に腰掛ける。壁には花の油彩画《ゆさいが》が掛けられていた。カーテンの色はネイビー。趣味のいい桑名らしい部屋だ。

冷えた水を半分ほど飲んでベッドヘッドに置き、横たわった。ふわふわと軽い羽毛布団にくるまると、一日の疲れも手伝ってうとうとしてくる。

ひやりとした場面もあったが、なんとか無事に終えられてよかった。特殊《とくしゅ》な形状をしたアナルプラグを挿れたまま眠れるかどうか気になるところではあるが。

いっそ、夜中に坂本を叩き起こし、恥を忍んで抜いてもらうのもありだ。

瞼《まぶた》を閉じ、静寂《せいじゃく》に身を浸《ひた》し、睡魔に誘われていく。

浅い眠りだった。もやもやした熱が身体の中心にあるせいか、淫らな夢を見た。

叶野と桑名、坂本に組み敷かれ、代わる代わるに乳首を舐めしゃぶられる夢だ。自分で弄《いじ》ってもどうとも思わない部分なのに、あの三人に触られるとたちまち感じ入ってしまう。

乳首がツキンと勃ち、やわやわと捏ねられる。もっと強くねじってほしい。この手は叶野か、桑名か、それとも坂本か。

夢かうつつか、曖昧な状態で「ん……」と声を漏らすと、ふうっと耳元に熱い吐息がかかる。

「……可愛い」

鼓膜《こまく》に染み込む低い声に、びくんと背中がしなる。

パジャマのズボンの中に手を突っ込まれ、下着の上から淫猥《いんわい》に揉み込まれて、少しずつ昂ぶっていく。

夢だ、これは夢だ。

「ふふ、もう濡れ濡れだ。なーんでこんなにやらしい身体してんだろ」

「か、の……」

覆《おお》い被《かぶ》さるような格好《かっこう》で、肉茎を弄り回す男の熱っぽい吐息がくちびるに触れ、ねろりと舐め回される。

「は……」

かすかに喘いだ途端、舌がもぐり込んできてぬるっとしゃぶりつかれる。

唾液が伝わってきてこくりと喉《のど》を鳴らし、――夢じゃない、と瞼を開いた。

「……叶野……？」

おそるおそる呟《つぶや》くと、「はい」と笑い声が返ってくる。

「なに、してる、……んだ……」

「夜這《よば》いです。たまんなくなっちゃって。はい課長、こっち向いて、おっぱい見せて」

「あ……」

寝ぼけた意識で身体をまさぐられ、パジャマの前をはだけられた。

ボタンをひとつずつ外されて舌が這っていく。すぐに乳首に吸い付かれて、ちゅうっと音を立てられた。

「んー、やっぱ課長のおっぱい最高……男なのにこんなに噛み甲斐《がい》のあるグミみたいな乳首になっちゃって。坂本さんが育てた身体だけど、いまじゃ俺たちに愛される乳首ですよね？」

「ばか……っ噛む、な……っ」

目覚めたばかりで身体は力が入らず、叶野を押しのけることができない。いい香りのする髪をくしゃりと握り締めるのが精一杯《せいいっぱい》だ。

ちゅくちゅくと真っ赤な尖《とが》りを舐る叶野は時折《ときおり》歯を立て、根元をがじりと噛んでくる。甘やかでどこか狂おしい刺激に苛《さいな》まれ、急速に脳内が熱くなっていく。

この胸を目にしたときから、叶野は乳首に執着《しゅうちゃく》してきた。桑名も坂本も似たようなものだが、「課長のおっぱい大好きです」と言って憚《はばか》らない叶野は、桐生を抱くとき、絶対に最初に乳首を吸う。

年下の男は情熱的で、聞き分けのいい部下だ。しかし、ベッドの上では獰猛《どうもう》な顔も見せる。

三人の男によって育てられた乳首はふくらみきって、先端にスリットが入るほどだ。そこをむにゅりと舌先で抉られると、じゅわぁ……っと蜜《みつ》があふれ出す錯覚《さっかく》に陥《おちい》る。男だからなにも出ないのだが、間違いなく下肢は濡れている。

夜這いを仕掛けてきた叶野は、今夜もしつこく乳首を噛みまくっていたが、それだけでは飽き足らないのだろう。桐生の肉竿を扱きながら器用にズボンを脱がし、尻のあわいに指を這わせてくる。

そこで、ぴたりと指が止まった。

桐生もさすがに意識がクリアになり、はっと息を呑む。

「この硬いものはなんですか……？」

「だめ、だ。見るな、見るな！」

「見るなと言われたら見たくなるのが男の性《さが》です。見せて」

桐生の腰骨をぎっちり摑んで四つん這いにさせた叶野が、あらぬものを目の当たりにして驚く気配が伝わってきた。

アナルプラグを挿入された尻は、叶野の目にどう映っているのだろう。

十本の指でぐにぐにと揉み込まれるとやわらかく弾《はず》み、その奥でひそやかに締まる孔が最近、縦にいやらしく割れ開くようになった。

これも、男のものを咥《くわ》え込まされる快感を覚えたせいだ。

「……これ、宝石？　本物ですか？　なんで課長の可愛いお尻にこんなものが？　誰にされたんですか。坂本さん？」

「そんなに――いっぱい、訊くな……！」

「坂本さんに挿れられたんですか」

「そ、うだ……」

「いつ？」

枕《まくら》をぎゅっと摑んで顔を押し付ける。恥ずかしくて恥ずかしくて息が荒《あら》くなる。嘘をつくこともできたけれど、勘《かん》のいい叶野はすぐに気づいてしまうだろう。だから、ほんとうのことを打ち明けた。

「……夕食、前……に、された」

「え、じゃあ、食事中ずっと、うずうずしてたんですか？　なにそれ、エロいんだけど。あの場で課長をひん剝《む》いてやればよかった」

「ばか言うな……！　そんなことしたら……っ」

「ですよねー。始まっちゃいますよねー。課長の秘密、暴いちゃった。これ、どうなってるんだろ。出してもいいですか？」

「ん、う、や、……っいや、だ……そのまま、にして……おいて、くれ……」

「だめですよ。異物をずっと挿れておくのは身体に悪いです。抜きましょう」

引き締まった尻たぶを鷲摑《わしづか》みにして、両側に開いた叶野が、「お尻もむちむちで可愛い」と囁き、サファイアの先端を握る。それから、ぐっと引き抜き始めた。

「ひ……っ」

なめらかなダイヤ型の張り出した部分が前立腺をねっとりと擦り、思わず声が上がった。

「もしかして、気持ちいいですか?」

「そんな――こと、ない……っ」

「嘘。声が蕩けてますよ。ズボズボしてほしいんでしょ」

「してほしくない……!」

「食い締めてますけど。ねえ、言ってください。ズボズボしてって。ここにはローションがないから俺自身を挿れることができないし。だからって、こんなに感じまくってる課長を放って寝るなんて、とてもできませんよ。せめて課長をイかせてあげたい。だから言って? おねだりしてください。課長のせつない声で」

「く……ぅ……っ」

言っている間に自身が興奮したのだろう。プラグをぬぐぬぐと挿れたり出したりしている叶野が、ごそごそと自分のパジャマズボンを脱ぎ落とす。

「俺は自分でしますから。今夜はこのおかしな玩具で疑似セックス。ほら、言ってください。課長のココ、とろっとろですよ」

「んんー……っ」

金属のプラグに肉襞がはしたなく纏《まと》い付き、涎《よだれ》を垂《た》らす。もっと奥にほしい。もっと強く抉ってほしい。

胸の裡ではそう思うけれど口にはできず、焦れったく腰を捩《よじ》る。

「言わないと抜いちゃいますよ。俺も自分で勝手にイこうかな」

強引に押し込まれて悲鳴のような嬌声《きょうせい》が上がる。

「や、やっ、あっ、あぁっ、そんな、強くしたら……っだめ……だ……！」

「だめでしょう？　だめになりたいでしょう？　だから言って。そしたら思いきりイかせてあげるから」

「う、う……」

もはや理性は紅茶に溶ける砂糖そのものだ。さらさらと溶けて、情欲に呑み込まれていく。セックスするときのようにもどかしく腰を振っている己《おのれ》に気づかず、だけどどうしても満たされない飢《う》えに呻《うめ》き、桐生は啜《すす》り泣いた。

「……して、……ほし……」

「なに？」

「それで、……ズボズボ、して、ほし……っい……っ」

「よく言えました。してあげる」

言うなりプラグをぐっと強く埋め込まれ、ずるぅっと焦れったく引き抜かれる。

「あぁっ、あ……っ……！」

心臓が激しく跳ねるほどの快楽が襲ってくる。

「気持ちいいですか？」

「ん、っ、ん、い、いい……っ」

頬が熱くて仕方がない。欲しくてたまらない場所には届かないけれど、ひどく感じる前立腺をゴリゴリと異物で擦られて、射精感が募《つの》る。うしろだけでイける身体になってしまったのも、彼らのせいだ。

ごしゅごしゅと淫らな音がする。見えないけれど、叶野が自分のものを扱いているのだろう。どんな顔で、どんな手つきで自分の雄に触れているのか。想像するだけで滾《たぎ》り、腰を浮かせた。

「叶野……っかの、う、イき、たい……」

「もう？」

「だって、あっ、あ、そこ、ぐりぐりされたら……っも、だめ……だ……っ」

「じゃ、俺は課長のこのまぁるいお尻の間にぶっかけてあげますね」

「んんっ」

声が跳ねたとき、ズクンとプラグが突き刺さり、桐生を絶頂のピークに追い上げる。

「イく……！」

「……俺も……っ」

きぃんと鋭《するど》い快感が背骨を軋《きし》ませる。自分の腹とシーツの間で擦れていた性器から、どっと白濁《はくだく》があふれ出したのと同時に、尻の狭間にぱたぱたっと熱いものがかかった。

ずっと体内を犯《おか》していたプラグが引き抜かれると、身体の奥がきゅんと疼いて再び燃え上がりそうだ。

「あー……すっごい気持ちいい……課長のお尻が揺れてる……」

若い叶野の吐精はなかなか終わらず、内腿《うちもも》の奥までとろとろと満たしていった。

「あ、あ……う……」

「はは、シーツ汚しちゃいましたね。俺のベッドのシーツと取り替えるから安心してください。ねえ、もう一度だけこっち向いて」

脱力した身体をひっくり返した叶野が、しつこく乳首をれろれろと舐ってくる。

「やっぱり最後は課長のおっぱいを吸っておかないとね」

「……っ」

ふたりぶんの精液で汚れた身体を投げ出し、桐生は息を弾ませた。

深夜のいたずらのせいで、プラグが抜き取られ、翌朝はすっきり目覚めることができた。

アナルプラグは叶野が綺麗に洗ってくれたようで、テーブルの上に置かれていた。それを急いでバッグに隠し、リビングに向かうと、もう皆そろっている。床に敷いたレジャーシートにあぐらをかいた昨夜《ゆうべ》とは違い、六人掛けのテーブルにランチョンマットが用意されていた。

「おはようございます、遅くなってすみません」

アイランドキッチンに立つ桑名と叶野に声をかけると、それぞれに「おはよう」「おはようございます」と返ってくる。

坂本だけがテーブルにつき、朝のテレビニュースに見入っていた。

「こら、お邪魔している身なんだから少しは手伝え」

「俺が出るまでもないだろ。ふたりとも料理上手だし」

頬杖をついている坂本の頭を小突き、桑名たちのそばに寄った。

今朝はブレックファストらしい。スクランブルエッグにハム、トースト。くし切りのトマトにフリルレタスのサラダ。それに紅茶。

「課長も座っていいですよ。もうできあがるし」

「そうだよ」

「でも、なにかお手伝いできることがあれば」

「じゃ、ティーカップを運んでもらえるかな？」

「はい」

銀のトレイに四つのティーカップを載せ、それぞれのランチョンマットの上に置く。やがて桑名と叶野が料理を運んできて、朝食の始まりだ。

とくに話すことはなかったが、皆、旺盛《おうせい》に食べている。

秘密は守られた。

そのことにほっと胸を撫で下ろした瞬間、坂本が爆弾《ばくだん》を落とした。

「昨日の夜、あんたが桐生のアナルプラグを抜いただろ」

行儀悪くフォークを向けられた叶野は「え？」と目を丸くする。

「アナルプラグ？」

不思議《ふしぎ》そうな顔の桑名に、誰よりも早く食べ終えた坂本が、ポケットから青い石のついたアナルプラグを取り出して、皆の前にちらつかせる。

「こういうのが昨夜、桐生の中に挿ってたんだ。夕食中ずっとな」

「……坂本！　いま言うことか！」

「だって明け方、おまえの部屋をのぞいたら、テーブルにプラグが置いてあったからさ。桑名さんか叶野のどっちかが手を出したんだろうなって。桑名さんはいい大人だから『待て』ができるだろうけど、叶野は無理だろ。なあ、どうだった？　これと同じプラグ、ちゃんと桐生に嵌《は》まってたか？」

「坂本！」

「嵌まってました。課長がよがり狂うまでズボズボしちゃいましたよ」

自信満々に胸を張る叶野にトーストをぶん投げたい。

「なんだ。起こしてくれればよかったのに」

残念そうに肩を落とす桑名が、「見てみたかったなあ」とため息をつく。

「こんないやらしい玩具があるんだね。叶野くん、どうだったかな？　桐生くんのあそこは縦割れになってたかい？」

朝から交わす言葉じゃない。大きく取られた窓から、明るく入る陽射しを受け、坂本が不敵《ふてき》に笑う。

「こいつのあそこが縦割れになったのは、あんたたちが代わる代わる桐生を抱いたからだよな。感謝してるぜ。男の尻はペニスを受け入れることを悦《よろこ》ぶと、縦に割れるんだ。筋肉の力が働くらしいな」

もう食事どころじゃない。三人が和気藹々《わきあいあい》と話すのを他人事のように聞きながら、無理やり紅茶を飲み干した。

「……ごちそうさまです！　食器洗います」

「照れなくてもいいのに。きみは僕たちに熱烈《ねつれつ》に愛されてるんだから、もっと自信を持っていいんだよ」

なんの自信だと言い返したかったが、相手は上司だ。朝から口論したくないので、黙ってシンクに食器を運ぶ。

そのあとは、ベランピングについて桑名が話し始めた。マンションやアパート、一軒家のベランダでどんなアイテムがあればベランピングができるか。

「リスト化するのは叶野くんに任せよう。アイテム探しは僕と桐生くんで頑張ろう。坂本くんは……」

桑名がいたずらっぽくウインクする。

「昨晩言っていた、射精管理に必要なアイテムを早く仕上げてほしいな」

「あー、じつは」

椅子にふんぞり返った坂本が、がりがりと頭をかく。

「じつは試作品があるんだよな。まずは先にアナルプラグを試しておきたかったから、昨夜は出さなかったんだ」

「あるんですか！」

「あるよ」

食いつく勢いの叶野に、坂本は平然と返す。

「見たい見たい。見せてください」

「本革《ほんがわ》で作ったんだ。ペニスのサイズは桐生に合わせている」

キッチンにひとり立つ桐生にも、彼らの会話が飛び込んできて、びくんと身体が震える。

夜這いの上に、まだなにかあるのか。

そろそろとキッチンから彼らの様子をのぞくと、三人が頭を突き合わせている。どうやら、坂本が部屋から持ってきたバッグの中におかしなグッズがしまってあるようだ。

「これだ」

「うわ、想像以上にエッロ」

「この筒状《つつじょう》のところに、桐生くんのペニスが入るんだね？」

「ああ。ショーツ型になっていてベルト部分にちいさな錠前《じょうまえ》と、前面から尻まで続くジッパーを取りつける予定なんだ。鍵がなくちゃジッパーが開かない仕組みだ。あんたたちが桐生を昂ぶらせて勃起させれば、この筒状の部分がパンパンになる。でも、鍵を持たない桐生は自分で扱けない、射精できない。汗みどろになって悶《もだ》える桐生の鍵を開けるのは、桑名さんか、叶野かのどっちかだ。両方に鍵を渡してもいいけど」

「それだと、ところ構わず3Pになってしまうね」

「ですね。間違いなく」

「僕はもう少し、一対一の関係性も大事にしたいかな。皆でするのは特別なイベントだ。そもそも桐生くんには負担をかけるんだし」

紳士的《しんしてき》なことを言っていると思うが、内容はめちゃくちゃだ。

「まあ、とりあえずこの場でいったん試作品を穿いてもらおうかな。なに、シャツは脱がなくても大丈夫だよ。下だけ裸になってくれれば」

「……部長も！　朝からなに言ってるんですか」

「だって、きみのエッチな姿が見たくて」

あっけらかんと言う桑名と叶野が近づいてきて、がしっと両側から桐生の腕を摑む。そのまま背をずんずんと押されて坂本の前に立たされた。

じたばたともがいたのに、桑名も叶野も爛々《らんらん》と目を輝かせ、手を離してくれない。

「よしよし、いい子だ」

「こら、坂本！　脱がすな！　まだ朝だ！」

「時間なんか、どうでもいい」

あっさり言われ、スラックスと下着を脱がされた。まだやわらかい性器を皆の前に晒《さら》され、羞恥《しゅうち》に全身がかっと熱くなる。

「さあ桐生、片足を上げろ」

「いやだ！」

「駄々《だだ》こねるな。皆、楽しみにしてるんだぞ」

「そんなの……おまえの勝手な言い分だろ。俺は絶対そんなもの……っく……！」

剝き出しにされた肉茎に、ふうっと息を吹きかけられ、軽く揉まれたことで身体から力が抜けてしまう。

その隙《すき》に、桑名が桐生の膝裏《ひざうら》を軽々と持ち上げる。

「お、サンキュ」

ぶるぶると震える桐生に、艶やかな黒革のショーツが穿かされていく。もう一方の足は叶野が持ち上げた。

こんなところで、抜群《ばつぐん》の連携《れんけい》プレイを見せないでほしい。

臍《へそ》の下まで持ち上げられたショーツが、肌にしっくり馴染んでいることを確かめた坂本は、無言で桐生の肉竿を扱いた。

巧《たく》みな愛撫《あいぶ》で、たちまち硬く張り詰めていく。

「うぁ……っ」

昨晩の快感がよみがえってしまう。

革で作られたショーツの肉竿部分がぴっちりと盛り上がり、陰嚢《いんのう》もきゅうっと締め付ける。なめらかな素材だが、ふくらみには限界がある。

勃起した桐生のそこは、ショーツの中でぱんぱんにふくれ上がり、ぎちぎちと生地を押し上げていた。

茫然《ぼうぜん》と立ち尽くす桐生の前に回った桑名と叶野が、じろじろと眺め回してくる。

「こんな感じだ。どうだ?」

「すっごくいいです……」

「いいね、そそられるな……桐生くんの白い肌に黒革がよく映《は》える。すぐさま脱がしてみたくなるけど、このままずっと鑑賞していたくもなるね。ソファに座ってワインでも呑みながら。桐生くんは美しい。淫らなのに毅然《きぜん》としている。どんな絵画よりも鑑賞に値する人物だ。目の前に立たせて皆で楽しみたいね」

ごくりと息を呑む叶野と桑名の視線に炙《あぶ》られて、ますます熱くなってしまう。

こんな身体にしたのは誰だ。

ここにいる男たちのせいだ。

つうっと汗が背中をしたたり落ちていく。

いまや性器の部分は卑猥《ひわい》なほどに盛り上がり、桐生の快楽を主張していた。

叶野がふくらみ部分をつんつんとひと差し指でつつく。軽い振動だけでも呻いてしまうほどの快楽に襲われ、桐生は額《ひたい》に汗を滲《にじ》ませた。

「これは試作品だから錠前もジッパーもまだつけてない。普通のショーツを革で作ったという感じだな。でも、いやらしいだろう。テラテラ光って。最高の羊革を使ってるんだぜ」

満足そうに言う坂本を、思いきり殴《なぐ》ってやりたい。

どういう思考回路をしていたら、こんなおかしなものを作れるのか。

「おまえ、ばかだろう……」

「いまさらだろ？」

桐生の罵《のの》りを鼻であしらう坂本が、じっくりと股間を見つめてくる。その冷ややかなまなざしを受けるだけで、身体の芯《しん》が熱くなった。

桑名が手を伸ばし、きゅんと引き締まる陰嚢部分をやわやわと揉み込んでくる。

「ほんとうにいいね、引き締まっている……この中に桐生くんの蜜がいっぱい詰まってるんだ」

「むしゃぶりつきたいですよね、部長」

「ああ、こんなにも淫らだとは……さすが十年来のつき合いがある坂本くんだ。天才的な発想をする」

きつく締め付けられた肉竿が充血し、いまにも皮革のショーツから飛び出しそうだ。

ここでもしも、なんの前触れもなくショーツを引き下げられたら、その勢いで射精してしまうだろう。

「さて、今日のところはこれを穿いて過ごしてもらう。まだ細かなチェックがあるからな。錠前がついてないから、トイレは自由だ。勝手に扱いて抜くなよ。イきたかったら桑名さんか叶野に頼め」

「誰が頼むか！」

怒鳴り返したが、自信がない。

一刻《いっこく》も早く、この奇妙な皮革ショーツを脱いで自由になりたい。

……ジンジンする。

疼く。荒れ狂う熱が身体中を暴れ回って、皆の見ている前で、そこを扱きたくなる衝動と必死に戦った。

しれっとした顔の坂本にスラックスを穿かされ、ベルトのバックルを留められる。そうすると、いよいよショーツは股間を食い締めてきて、桐生を狂おしくさせる。

やわらかな羊革で作られたショーツで大事な部分を隠し、桐生は桑名たちにうながされるままソファに座った。

腰を下ろすと、ズキンと鋭い熱が腰骨を叩く。

イきたい、出したい。

なのに皆は、ベランピングについて話し出す。

桑名がタブレットPCを操作しながら、昨晩のよかった点、悪かった点などを挙げ、実際にベランダやバルコニーで行う場合に、必要なものはないかと桐生や叶野、坂本たちに訊いてきた。

「昨日は部屋の中だったから、まったく寒くなかったですけど、ベランピングだったらブランケットは必要じゃありません？　膝掛けや肩から羽織るとか。気軽に洗えるフリース素材がいいかなと思うんですが」

「そうだね、確かに。クッションはどうだろう。そこまで行くとキャンプに気分が出ないかな」

「折《お》り畳《たた》み式の椅子はどうだ」

「ああ、それはいい。折り畳み椅子は値段にばらつきがあるんだよね。百均ショップでも買えるものから、数万円もする本格的なものもある。普段から屋外でのキャンプをするひとなら、座り心地のいい高級な椅子を求めるかもしれないけど、お手軽にベランピングを始めたいひとなら、まずは百均でそろえるのがいいかもしれない」

「ですね。近くにホームセンターがあれば、レジャーシートや折り畳み椅子もいろいろ見比べられるだろうし。あとはー……ライトかな。グランピングでも使ったけど、ＬＥＤ式のランプがあれば、ぐっと雰囲気が盛り上がりますよ」

「真鍮製《しんちゅうせい》のマグもあるといい。コーヒーがうまく感じられる」

「いいね」

「……ッ」

彼らの会話に加わろうと思うのだが、頭の中は違することで占められていて、まともな考えができない。

もじもじしていると、三人の視線がいっせいにこちらに向いた。

「どうした桐生」

「もしかして」

「もうイきたくなっちゃいました？」

わくわくした声で訊かないでほしい。

「トイレに……」

「ついていってあげようか」

「俺も俺も」

「まあ、俺もついていってやってもいいぜ。どうせオナニーしたいんだろ」

坂本の笑い声に、きっとまなじりを吊《つ》り上げ、「しない」と言い切った。

誰が上司の家で自慰《じい》なんかするものか。

こんな欲情、なにがなんでも理性で押し潰してやる。

深く息を吸い込み、吐き出す。それを三回繰り返し、桐生は毅然と顔を上げた。

「寝袋もあるといいと思いませんか。自宅のベランダで寝るなんて経験、そうそうありません。それに、非常時にも役立ちますし」

「――いいね」

桑名が目を細める。

先ほどの「いいね」とはニュアンスが異なる声音だ。

「桐生くんのそういう気丈《きじょう》さ、僕は大好きだよ」

「……ありがとうございます」

とりあえず礼を告げ、顔を引き締めた。
情欲に流されるままの男にはならない。けっして。

三章

ベランピングを広めるための陣頭指揮《じんとうしき》を任された桐生は、いつもどおり叶野を部下につけ、情報収集に努めた。

　桑名宅に泊まってから一週間。

　ひとまずは平穏《へいおん》な日々が続いていた。

　射精管理用の皮革ショーツの改良を図るため、坂本は一日中自室にこもりっきりだ。迂闊《うかつ》に身体に触れてくることもない。

　ほっとしたいところだが、内心では少し物足りなかった。

ともに食事をし、世間話もするので、一見穏やかではある。

　これまでは毎日のように乳首をいたぶり、しつこく乳暈のサイズを測っていた男の興味が、新たな研究対象に向けられたことはありがたいかぎりなのに、正直な身体はもったりとした疼きをつねに孕《はら》むようになっていた。

　一週間ぐらい射精できなくても、べつに平気だ。そもそも、坂本に出会う前は性欲が薄いほうだったのだ。乳首だって平均的なサイズだった。

なのに。

オフィスでパソコンに向かいながら、じわん……とした物憂《ものう》い疼きを覚え、無意識にジャケットの上から左胸を押さえる。そのことを認めるのが悔しくてくちびるを噛み、モニターを睨みつける。

やっぱり、この胸はあの三人のものなのだ。

この一週間、叶野と話し合って集めたベランピング用のグッズがリスト化されている。

今回は大手不動産会社とタイアップして、『自宅で楽しめるベランピング』という企画サイトをネットで起《た》ち上げる予定だ。

ベランピング初心者のためのカラー冊子《さっし》を作り、実際の不動産屋店舗にも置くつもりでいる。部屋を選びに来た客に、ベランダやバルコニーの新たな活用法を見出《みいだ》してもらうためだ。

来週、小冊子の見本を持って不動産会社に打ち合わせに行く。

そこには桑名と叶野も同行する。

打ち合わせの帰りにどこかホテルに寄るだろうか。それとも、また桑名の家に行くとか。

その日のことを考えると、勝手に身体が熱くしっとりと潤《うるお》ってしまうのが恨《うら》めしい。

理性では拒《こば》みたいのに、身体は彼らを欲しがっているのだ。最奥を暴かれ、奥の奥まで突いてほしがっている。

桑名と叶野に手を取られたら、抗えないかもしれない。

「桐生くん、来週の打ち合わせの件で訊きたいことがあるんだ。B会議室に来てくれるかな」

自席から桑名に声をかけられ、「はい」と即座《そくざ》に立ち上がる。

彼とふたり、会議室に向かい、扉を開けた。六人用の比較的ちいさめの部屋だ。

扉に近い下座に腰掛けると、隣に桑名が座る。距離の近さにどきりとしながら、冷静な顔を保つ。

「ずいぶんと企画も固まってきたね。きみが挙げてくれたリストに目をとおしたよ。小冊子のサンプルも出来がいい。ぜひこの線で行こう」

「ありがとうございます。来週には印刷所に連絡します」

「了解」

満足げに頷《うなず》く桑名が顔を寄せてくる。

「そもそもベランピングのアイデアは僕が出したものだ。ご褒美《ほうび》が欲しいんだが、どうだろう？」

「……ご褒美、ですか」

「きみを抱きたい。いますぐ」

テーブル下でするりと手が伸びてきて、膝頭《ひざがしら》を摑まれる。

そのまま、すすっと内腿を撫でられて身体が強張《こわば》った。

「部長……！」

桑名がにっこり笑って、くちびるの前にひと差し指を立てる。

「ふたりだけの秘密にしよう。ここ最近ずっとお預けを食らっていただろう？　叶野くんはこの前きみに手を出したし、僕だって桐生くんを味わいたい」

「そんな――ここは職場です。隣の会議室に聞こえたら」

「声を殺せばいい。できるかな？」

そう言う間にも、桑名はスラックスのジッパーのあたりをツツと淫猥になぞってきて、桐生を昂ぶらせる。

「だめ、です、部長……お願いですから、ここでは……っ」

桐生の抗いをよそに、桑名は桐生のベルトをゆるめ、ジッパーを下ろしていく。

「ほら、きみだって感じ始めてる。坂本くんが作った貞操帯《ていそうたい》を着けていたときもこんな感じだったのかな？」

言われたとおりだった。

この一週間、誰にも触られていなかった身体は瞬時《しゅんじ》に熱くなり、下着の縁を引っ張られるなり、硬くしなった性器がぶるっと飛び出す。

両肩を摑まれ、身体ごと桑名のほうに向けさせられた。

相手は上司なのに。

舌舐めずりする桑名が、床に片膝をついて桐生の昂ぶりに顔を近づけ、ふうっと熱い息を吹きかける。ぴくんと震える肉竿の先端に、ちゅっとくちづけられ、「あ……」と声を漏らしてしまい、慌てて両手で口をふさいだ。

「僕をひざまずかせるのはきみだけだよ、桐生くん」

言うなり、亀頭をぱくりと頬張られて、熱い感触に背中をのけぞらせた。

たっぷりと唾液の溜まった熱い口内でくすぐられ、亀頭の割れ目をくりくりと舌先で弄られる。

そこは桐生の弱いところで、竿を扱きながらねっとりと亀頭を吸われると、すぐにもイきたくなってしまう。

「やっぱり美味しいな、きみのここは。とても淫らで綺麗だよ。ああ、どんどんあふれてくる。舐めてあげないと」

「だ、め……っや、いやです、部長……っここじゃ……あ、あ、あ！」

輪っかにした指で、くびれをきゅうっと締め付けられて、そのままずるりと扱き落とされる。たちまちあふれる愛蜜を助けにぐしゅぐしゅと扱かれ、たまらない。

浮き出す筋《すじ》も爪先《つまさき》でしっとりとなぞられ、息が荒くなる。

おそるおそる目を開いて見下ろすと、肉竿を咥えた上司と目が合った。

ひどく楽しげな表情に、肌がぞくりと粟立《あわだ》つ。

部下の性器をしゃぶることを桑名は楽しんでいるのだ。そして、これだけでは終わらない。

じゅっ、じゅっ、と激しい音を立てて吸い上げられて、気持ちいいどころの話じゃない。

「だ、め、あ、あ……っ！」

「イっていいよ」

「ん、んーっ……あ、う、イく……っ」

頭を上下に振る桑名が、ぐぽぐぽとはしたない音を響かせる。

いきり勃った肉竿に熱い舌が巻き付いて、我慢できなかった。

陰嚢をひと差し指で押された途端、どくんと身体が波打つ。

「あ、あっ、あっ……あぁ……っ！」

一週間ぶりの射精は思っていた以上に勢いがいい。坂本のおかしな玩具を着せられたときからずっと燻っていたのだ。

びゅくびゅくと放つ白濁をごくりと呑み干し、まだ硬い性器からあふれ出る蜜を指にすくい取った桑名が、そのまま尻のあわいを探ってくる。

「立ってごらん」

「え……あ、……っ、ぶちょう……っ」

ふらふらの身体を抱かれ、テーブルに押し倒された。

下着ごとスラックスを膝までずり下ろされ、桑名が背後に立つ。

そして桐生の尻をぐっと摑んで、むにむにと揉み込み、「いいね」とため息交じりに言う。

「オフィスできみを犯せるなんて最高だよ」

まさか、ここで繋《つな》がろうというのか。

上体を伏《ふ》せた桐生は、力なくテーブルを引《ひ》っ掻《か》く。

そばにはタブレットPCが置かれていて、ついさっきまで仕事の話をしていたのだと思い出させる。なのに、桑名の仕草ひとつで身体にスイッチが入り、いまや会議室は熱く湿《しめ》った空気で満ちていた。

ぬるついた指で、桑名が窄《すぼ》まりに触れてくる。

「ココ、ほんとうに少し縦割れになっているね、なんていやらしいんだ」

「う……」

自分では見えない場所をくるくると撫で回され、何度かつつかれたあと、ぬくりと指が押し挿ってきた。

「ッ――……！」

久しぶりの衝撃に、奥歯をぎりっと噛み締める。

桐生の感じる場所をすべて知っている桑名も堪えられないのだろう。上向きに媚肉を擦ってきて、的確に快感を暴き立てていく。

指の腹で擦られる場所が、もったりと重たく疼く。

「前立腺が弱いよね、きみは。可愛いよ」

「ん、っ、んっ」

懸命《けんめい》に声を殺す。会議室の壁はそう厚くない。

嬌声を上げてしまえば、社内の人間に自分たちがなにをしているか、すべてバレてしまう。

胡桃《くるみ》大のそこをくちゅくちゅとリズミカルに指で揉み込まれて、じわ、じわ、と熱い波が意識を蝕《むしば》んでいく。

声を出せないけれど——気持ちいい。桑名の指は長い。肉襞を甘く、ずるく擦って、出たり挿ったりし、本物のセックスを連想させる。

「こんなに指を咥え込んで……きみの身体は欲しがりだ。もう僕が欲しいんじゃないかな?」

「んーっ……!」

「もったいをつけるのはよくないね。僕だってきみが欲しい」

かちゃかちゃと、ベルトのバックルをゆるめる音が聞こえる。

ジッパーを下ろす音も。

すぐに、硬く熱い剛直が窄まりに押し当てられ、ぶるっと全身が震える。

ぬぐり、と大きな亀頭が挿り込んできたとき、衝撃のあまりデスクに爪を立てた。

「最高の締まり具合だ……ここ最近、誰ともしていなかった証拠《しょうこ》だね。坂本くんの貞操帯ができあがったら、またしばらくお預けになりそうだから、いまたっぷりきみを味わっておかないと」

「う、ぁっ、あ……！」

男を受け入れるのが久しぶりな身体を気遣うように、桑名はゆったりした腰遣いだ。

そのぶん、長い竿が媚肉を擦って奥の奥まで突いてくる。ずるりと引き抜かれると、肉襞が快楽に震えて絡み付いてしまう。

「きみも感じているんだね？」

「ン、ぅ、ぅっ、あ——はぁ……」

デスクをかきむしり、下肢にぎゅっと力を込める。そうすると内を抉ってくる太竿の熱さが、よりくっきりと意識に刻《きざ》み込まれていく。

「あ、——ア……！」

「ここが桐生くんのいいところだ」

叶野では届かない最奥をずくずくと突かれ、どうしても声が殺せない。

いい、すごくいい。

男に媚《こ》びてしまう身体がはしたないと自責するものの、理性ではどうにもならない。

「もっと欲しいだろう？　それとも、もうやめるかい」

「や、だ……っいや、です……」

「それはどっちのいや？　もうやめてほしいのいやかな、それとももっとしてほしいの意味かな」

ゆるく、いやらしく肉襞を擦ってくる男を肩越しに振り返り、涙交じりに上司を見つめた。願いを口にしたいけれど、どうしても恥ずかしい。

「言わないと抜いてしまうよ」

「や……っ」

入口あたりをうずうず擦られ、男を咥え込んでいる縁《ふち》がいやらしくめくれる光景は、さぞかし卑猥《ひわい》に映っているだろう。

「ほら、桐生くん。きみの願いを聞かせてくれ。僕はきみに夢中なんだから、言うことを聞くよ」

「……め、ない、で……」

「うん？」

ずくんと最奥を抉られたのが引き金になった。

「……やめ、ないで……ください……っ」

「上出来だ」

そのまま燃え上がるほどに熱く、猛《たけ》ったもので容赦《ようしゃ》なく突かれる。

「んっ、ん、う、……っあ……あぁ……っあ……っ」

「いいかい？」

「……いいっ……すごく……っあ、そこ、もっと突いて……奥まで……っ」

「欲しがりさんだな、桐生くんは。わかってるかい？　ここは会社だよ。叶野くんもいる。他の人間もたくさん、ね。きみのあられもない姿を目にしたら、誰だって尋常《じんじょう》ではいられなくなる。皆、きみに手を伸ばしてくるかもしれないね。皆が皆、きみのいやらしくふくらんだ乳首を吸いたがって、ペニスも触りたがるに違いない。――でも、こうして奥に挿るのは僕と叶野くんだけの特権だよ」

「ん、んーっ」

ぐぽぐぽと音を立てて抜き挿しされる肉棒の形を、そっくりそのまま覚えてしまいそうなのが怖い。

「う……ん……っあ……っも、……イきた、い……っ」

せつない声を絞《しぼ》り出す。すると、桑名がゴムをジャケットの内側から取り出して桐生にかぶせ、次いでずるりと一度抜いて、素早く自分のものにも嵌める。そうして、ひくひくと蠢《うごめ》く媚肉を再び抉り込んできた。

「僕もイきそうだ。きみの中で果てさせてくれ」

「はい……あ、あ、ッ、アッ、ふか、い、だめ、だめ、も、イく、イく……！」

ずんずんと貫かれ、桐生はぐっと固めた拳《こぶし》にがりっと歯を立てた。

「んーっ……！」

「……ッ」

薄いゴム越しにどくりと撃《う》ち込まれる。どろどろと熱いものが身体中を駆《か》け巡《めぐ》り、絶頂に押し上げられた桐生は、いまにも床に崩れ落ちそうだ。

頭の中は真っ白で、なにも考えられない。

桑名がそうっと身体を引き、自分のそこを始末すると、ふわふわした意識の中にいる桐生を正面から抱き寄せ、テーブルに押し倒してくる。

「やっぱり、きみの乳首を吸わないと終われない」

「あうっ……！」

繋がっていた最中から、シャツとテーブルの間で擦られた乳首が尖りきって痛いぐらいだったのだ。

桐生のネクタイを肩にはねのけ、ボタンが引きちぎれるほどに荒っぽくシャツを剝いだ桑名が、むっちりと盛り上がった乳首を目の当たりにして低く唸《うな》る。

「真っ赤に熟れてるね……こんなにも男に吸われたがってる乳首は初めて見たよ」

言うなり乳首にむしゃぶりつかれ、じゅうっと吸い上げられた快感で、またも達し、桐生は覆い被さってくる男の髪をぐしゃぐしゃにかき回した。

くせのある髪が指に絡まり、肌に一房《ひとふさ》触れるのがまたよくて、何度も何度も繰り返し軽い絶頂を迎《むか》える。

「あ——は……っ……ぁ……っ……あ……あ……」

乳頭のスリットに挿り込んでくる舌先が、ぐりぐりと抉ってくるのが痺れるほどに気持ちいい。

びくびくと身体を震わせるしかない桐生の乳首を、丹念《たんねん》に吸い尽くした桑名が満足そうな顔で、くちづけてきた。

「ごちそうさま。とても美味しかったよ。ほんとうは中に出したかったんだけどね。それはまた今度」

「……ん……」

冷めやらぬ興奮が渦巻《うずま》き、自分でもどうしていいかわからないけれど、蕩けた顔をしているだろうということはわかっている。

熱情が引かず、身体に力が入らない。

そんな桐生の身体も綺麗に始末した桑名は、いったん会議室を出ると、冷えたミネラルウォーターのペットボトルを持って戻ってきた。

「きみは少し休んでいるといい。叶野くんは近づけさせないから安心して」

「……は、い……」

「ふふ、ちょっと無理させたかな？　でも、社内で淫らなセックスに耽るのは癖《くせ》になりそうだ。誰かにバレやしないかってスリルがたまらないね」

剛毅《ごうき》なことを言って頬にちゅっとくちづけた桑名が、髪をやさしく撫でる。

シャツもスラックスも元どおりにしてもらった桐生は椅子に深く座り、テーブルに突《つ》っ伏《ぷ》す。胸の奥からこぼれ出る息は、まだ熱かった。


坂本が提案した、射精管理のための貞操帯ができあがったと聞かされたのは、オフィスで桑名と交わった三日後の明け方だ。

その日は土曜日。桐生としては昼前まで寝ているつもりだったが、いきなりベッドルームに入ってきた男に叩き起こされた。

「起きろ桐生。できたぞ、おまえ専用の貞操帯」

「……なに……言ってるんだ、おまえ……」

寝起きにばかなことを言わないでほしい。

いやいや瞼を擦ると、楽しげに瞳を輝かせる坂本がベッドの縁に座り、羽毛布団をぺらっとめくる。

そして、やにわに桐生のパジャマのズボンを下着ごとずり下ろす。

「おい、こら……！　なにするんだ……！」

「軽く朝勃ちしてんな、よしよし。この状態で穿かせよう」

「うぁ……っ」

目覚めたばかりの身体は力が入らない。それをいいことに坂本は桐生に黒の革でできたショーツ――貞操帯を順調に穿かせていく。

なめらかな革が、肌にぴったりと張り付く感触がなんとも言い難い。

「気持ち悪い……。いやだ、こんなの」

「いいからいいから」

臍下まで引き上げた貞操帯には、前からうしろまでぐるりとジッパーが縫《ぬ》い付けられている。先端の取っ手には、ごくごくちいさな錠前がついていて、それをカシャリとかけるともう身動きが取れない。

がっちりと下肢に食い込んだ黒の貞操帯に守られた肉竿も陰嚢も、坂本のいたずらで硬く引き締まり、きゅんきゅんと下着を押し上げていた。

その頃にはもう意識が覚醒《かくせい》していて、自分の身体になにが起こっているのかをはっきりと悟《さと》り、桐生は思いきり声を荒らげた。

「ばか！　なにしてるんだ、こんなもの……っ……脱がせ！」

「だめだ。感じやすいおまえがお漏《も》らししないようにちゃんと射精管理しないとな」

「……くそっ」

腰骨に引っかかった貞操帯をなんとか押し下げようとしたが、寸分違《すんぶんたが》わず桐生のサイズに合わせて作ったのだろう。

やわらかな革は肌に甘苦しく食い込み、脱ごうにも脱げない。

ジッパーを下ろそうにも、薄く笑っている坂本が錠前の鍵を持っているから無理だ。

「鍵！　よこせ！」

「だめだって言ってんだろ。これは俺が当面預《あず》かっておく。桑名と叶野に渡せばすぐにジッパーを開いて、おまえに挿れようとするだろうからな」

「おまえ……あらためてばかだろ、こんなもの作って……。どうするつもりなんだ！」

「桐生の身体でテストして、具合がよければ製品化してメーカーに売りつける。ジッパーを開けないとトイレも無理だから、今日は俺がつきっきりで管理してやる。水分を摂り過ぎるなよ」

「――ばか！」

枕《まくら》を投げつけたものの、ひょいとかわされて悔《くや》しいことこのうえない。

そうこうする間にも秘された場所がうずうずしてきて、無意識のうちに腰を揺らしてしまう。

「……坂本……」

「なんだ。もう射精したいか？　ちょっと触っただけだろ、我慢しろ」

「でも……用を足したい……」

寝起きだから、トイレに行きたいのだ。

恥を忍んで呟《つぶや》くと、坂本はなんでもない顔で頷く。

「つき合ってやる」

そう言って、ベッドからよろけながら下りた桐生の肩を抱き、トイレへと向かう。

洋式便器の前でおろおろする桐生の貞操帯の鍵を外し、ジッパーをじりっと下ろすなり、硬い性器が飛び出た。

「ほら、早くしろ」

「……覚えてろよ」

ぎりぎりと奥歯を嚙み締めながら用を足し終え、またも素早くジッパーを引き上げられた。

アクセサリーのような錠前だが、よく見れば頑丈《がんじょう》な鉄製だ。簡単に壊せそうにもない。

これ以上、肌に触れられたらまた疼いてしまいそうだから、急いで坂本から身を離し、ベッドへ戻ってパジャマのズボンを穿く。

オフホワイトのワッフルパジャマの上からでも、うっすらと黒い貞操帯が透《す》けて見える。

くそ、くそ、くそったれ。なんでこんな男が好きなんだ。

胸の裡で坂本と己を罵倒《ばとう》し、彼にうながされるままダイニングのテーブルにつく。

土曜日の朝は和食だ。

「おまえの好きな卵焼きに、塩鮭を焼いたやつ。それに油揚げと大根の味噌汁にごはんと漬物《つけもの》。完璧だろ。健康のためにもちゃんと食え」

次々に並べられる皿や茶碗《ちゃわん》に、ぐうっと腹が鳴る。

こういうとき、強く出られない自分がいやになる。

坂本はクズだが、家事は万能《ばんのう》だ。

仕事はできても、料理や掃除が不得手な桐生に代わって、家のことはなんでもやってくれる。

それも当たり前だ。彼は日がな一日、大人の玩具作りに没頭《ぼっとう》するため、桐生宅に転がり込んできたのだから。

坂本が開発する玩具の売れ行きは好調のようだ。

その実験台にされている桐生が言うのもなんだが、乳首を育てるためのいやらしい吸盤《きゅうばん》や、アナル開発と自慰《じい》、プレイに使うバイブレーターも怖いほど感じる。

それらをメーカーに買い取ってもらう坂本は、少しぐらい貯金すればよいものを、受け取った金はすべて競馬かパチスロに突っ込むのだ。

ギャンブルで首が回らなくなったら、新しい玩具を作って桐生で試し、メーカーに売り込めばいいと考えている男は、ほんとうにクズの極みだ。

「今日はどうする？　桐生は休みだろ。俺も休み。どこか出かけるか」

「映画は絶対いやだ」

以前、映画館でいたずらされたことを思い出して先制した。

坂本は意に介さず、ずず、と味噌汁を美味そうに啜っている。

「じゃ、気晴らしにドライブするか。秋の海でも見に行くか？」

「……おまえ、免許持ってたっけ」

「そりゃ一応持ってるだろ。車は借りればいい」

レンタカーなら、不埒《ふらち》なことはされないだろう。

こんな状態で部屋に閉じ籠《こ》もっていても熱が疼きっぱなしだ。いっそ、外に出て新鮮な空気を浴びたほうがましかもしれない。

「……行く」

「決まりだな。千葉のほうでも行ってみるか。海ほたるで休憩《きゅうけい》して、木更津《きさらづ》アウトレットで買い物しよう。冬物のコートを新調したいんだ」

「ブランドなんか興味ないくせに」

「たまにはいいものを着たいんだよ」

「……もしかして、馬で勝ったのか」

「大当たり。もう俺の読みがドンピシャでさ、ウハウハなんだよな。いまならおまえにもコート買ってやるぞ」

「いらない」

素《そ》っ気《け》なく言って塩鮭の骨を抜き、白米と一緒に口に運ぶ。ついでに味噌汁も。

美味《うま》い。坂本の料理は満点だ。

米一粒《ひとつぶ》も残さず綺麗に食べ終え、食後のほうじ茶を飲みながら一服した。

おかしな趣味さえなければ、坂本はいい男なのに残念すぎる。

食器洗いに勤しんでいる彼を置いて、桐生は自室に戻り、着替えることにした。

そこであらためて、おそるおそるパジャマのズボンを下ろし、革の貞操帯に見入る。

なんとかして脱げないものか。

ウエスト部分を引っ張ってみるが、やわらかいくせに頑丈にできている。ちいさな錠前とジッパーのせいで、秘所部分を自分で確認することもできない。

「参ったな……」

ぼやきながら、とにかくこのことはいったん頭の隅《すみ》に追いやって、クローゼットから肌触りのいいネイビーのカシミアのニットと、チャコールグレイのウールのスラックスを取り出して身に着ける。

今日は小春日和《こはるびより》だ。

アンダーシャツは着なくても大丈夫だろう。

そのぶん、去年、奮発《ふんぱつ》したトレンチコートを羽織ることにした。車で移動するとのことだったが、念のため、ストールを軽く首に巻く。

最近はスマートフォンで決済しているので、財布は置いていく。ポケットにハンカチと煙草、ライターを入れればＯＫだ。

「用意できたか」

　坂本も似たような格好をしていた。ただ、彼の場合はトレンチコートではなく、モッズコートだ。

「レンタカーの手配はしたから、店までタクシーで行こう」

「おまえの運転、ほんとうに大丈夫なのか」

「隣で寝ててもいいぞ、お姫様」

「誰がお姫様だ」

　すげなく返し、桐生は玄関に向かった。


　車で出かけるというのは正解だったかもしれない。

　窓の外の景色に見とれながら頬杖をつき、カーラジオから流れる軽快《けいかい》な音楽に身を浸す。

　坂本の運転は意外にも安全第一だった。

『山のように買い物するかもしれないからな』

　そう言って坂本が借りたのは、七人乗りのSUV車だ。車高があり、広々としている。まだ新車のようで、乗り心地は抜群《ばつぐん》だ。

高速道路に乗って一路千葉を目指す。

「このトンネルを抜ければ海ほたるだ。そこでちょっと休憩しよう。おまえも一服したいだろ?」

「ああ、喉《のど》も渇《かわ》いた」

コーヒーでも、と言いかけたところで、下肢を覆う貞操帯のことを思い出し、言葉に詰まる。

水分には重々気をつけたい。

自宅ならともかく、外で坂本の手を借りたくない。実際は、『一瞬だけ鍵をよこせ』とごねればいいのだろうけれど。

足回りがしっかりした車は、海上にしつらえられた巨大なパーキングエリアに入っていった。

初めて来たが、ちょっとしたテーマパークだ。

多くの車が停まる駐車場から上階に上がり、まずはぶらぶらと館内を見て回ることにした。

食べ物屋も土産屋も充実している。海に面するデッキにはフォトスポットがいくつもあるようだ。

「周囲が海なのに、ここだけぽっかり開けてるんだ。不思議な場所だな」

「だよな。東京と千葉を繋いでるトンネルのちょうど真ん中あたりだ。あっちが千葉方面」

潮風《しおかぜ》の吹《ふ》くデッキの手すりにもたれた坂本が指さす。薄い雲がたなびく空の向こうに、小高い山や街がうっすらと見えた。

「いい場所だな……」

うしろを振り向くと、いま来たばかりの東京側が望める。

タンカーや商船が行き交っている海上を眺めながら、温かいものでも飲もうという話になり、館内に戻ってカフェでココアを買い求めた。

それを持って海が一望できるカウンター席に腰掛ける。

あたりは賑《にぎ》やかだ。

家族連れや恋人たちが楽しげに話し、通り過ぎていく。土曜の午前中だし、皆、これから東京か千葉で遊ぶのだろう。

「アウトレット、混んでそうだな」

「だろうな、週末だし。えーと、俺が行きたいところはここだ」

隣に座る坂本が、スマートフォンの画面を見せてくる。

イギリスのメンズブランドで、そこそこ値が張るクラスだ。

「ここでコートを買うのか。結構するぞ」

「ま、たまにはいいだろ。コートみたいな大物は、多少値が張っても上質なもののほうが結局長持ちする」

「でもおまえの場合、ほとんど家にいるじゃないか。あまり出かけないくせに」

「たまにメーカーとの打ち合わせがあるんだよ。そういうとき、パリッとしてたいだろ」

「まあな、気持ちはわかる」

「ここでおまえのネクタイでも買ってやるよ。――貞操帯のテスト代として」

「……安すぎる……」

思わず本音《ほんね》がこぼれてしまった。

アウトレットでも、ネクタイ一本、三万円以上はするブランドだ。とはいうものの、それぐらいでこの身体で実験されているのかと思うと、やっぱり納得いかない。

もぞりと身動ぎし、まだしばらくトイレは大丈夫そうだと確認し、喫煙ブースで煙草を二本吸い、車に戻ることにした。

お土産を買うにしても帰り際《ぎわ》でいい。

そこから先はノンストップで、木更津アウトレットモールを目指した。

カーラジオから流れる洋楽に合わせて坂本がハミングする。あまり感情を表に出さない男だが、今日はご機嫌らしい。

「桐生、俺に似合うコートを見立ててくれよ」

「わかった」

他愛ない会話をしていれば、貞操帯のことも忘れられる。

寝ている間にこっそりあちこち採寸したんじゃないかと疑うぐらいに、しっくり嵌まる革のショーツも、慣れてくればいつもの下着とあまり変わらない。

木更津アウトレットは想像以上に混雑していた。

いくつもある駐車場が、どこも車でいっぱいだ。係員の案内に従って車を停め、坂本と連れだってモール内へと足を向ける。

どのブランドショップも列ができるほどの大賑わいだ。

坂本の目当てのブランドも人気だ。中に入ると、坂本はまっすぐにコートがかかったラックへと向かう。

そういえば、昔からよそ見をしない男だったなと、いまさらながらに思う。

自分の気に入ったものだけに固執《こしつ》する奴だ、坂本というのは。

——だとしたら、俺のこともやっぱり好きでいてくれてるんだろうか。

一度だけ、彼から『好きだ』と言われた。

けれど、『愛してる』とか、『一生一緒にいよう』とか、甘い言葉は耳にしたことがない。

そもそも、歯の浮くような台詞《せりふ》を口にする男だとは思えないので、そこはあえて考えないとしても、相変わらず実験台にされているこの状況《じょうきょう》をどう捉《とら》えたらよいのだろう。

だいたい、普通は恋人に貞操帯を穿かせるものだろうか。

手も繋がないし、ちょっとした密着もない。

自分たちを普通の恋人同士と思うのは結構無理がある。

「桐生、これとこっちの色、どっちがいいと思う?」

シングルコートを二着持った坂本が振り返る。

右手には深みのあるグレイのコート。左手には暖かそうなチョコレート色のコート。

「身体にあててみろ」

言われたとおり、坂本は交互にコートを身体にあてる。

「羽織ってみろ」

実際に身体の厚みが感じられないと、コートのよさがわからない。

素直に従う坂本が、チョコレート色のコートに袖《そで》を通してこちらを向く。

「こっちが似合う」

「そうか、俺もこっちがいいと思ってた。買う」

「即決だな」

「おまえが似合うって言ってくれたろ?」

そこで見事なウインクを決めないでほしい。

無駄《むだ》にときめいてしまうではないか。

「あとはおまえのネクタイだな」

「無理しなくていいんだぞ」

「いいっていいって、いつも世話になっている礼だ」

礼をしてくれるなら、この貞操帯を外してほしいのだが。

ネクタイコーナーで坂本は真剣に色柄《いろがら》を選んでいる。

その中から鮮《あざ》やかなイエローのネクタイを手にする。細かなダイヤ柄が織り込まれていて、上品ながらも遊びごころがある。

「これいいな。ほら、どうだ」

「こういう色は自分じゃ選ばないからな……たまにはいいか」

胸元に合わせせられたネクタイに触れてみると、上等なシルクだ。

「じゃあ買ってくる」

コートとネクタイを持って、レジカウンターに向かっていく男を見送りながら、ふとしたことに気づいて、くすりと笑った。

互《たが》いに、鏡を見なかった。

コートもネクタイも互いの見立てを信用して、買おうと決めた。

ふたりしてそれぞれに似合うものを知っている。それがほのかに嬉しい。

あんなことやこんなことをしておいて、いまさら可愛い恋ごころを曝《さら》け出すつもりはないけれど、真実だ。

叶野といるとハラハラするし、桑名といるとドキドキする。そして坂本といると安堵《あんど》する瞬間がある。

自分もたいがい毒《どく》されているなと苦笑いした。

坂本のことも桑名のことも叶野のことも、好きだ。

三者三様、異なる魅力がある男たちから終始求められている立場としては、身体をいたわりたいところだが、そこは皆も気遣ってくれている。

三人にいっぺんに組み敷かれ、ねじ伏せられると、翌日は体力ゼロだ。

そんな桐生をいたわり、三人はかいがいしく動いてくれる。

風呂に入れてくれたり、髪を洗ってドライヤーをかけてくれたり。くたくたになった身体をマッサージしてくれるのも、かならずだ。

次にいつ求められるかわからないけれど、いまみたいなのんびりした時間も大事にしたい。

肌を重ね合わせるだけの関係じゃない。

身体を、快感を求め合うだけの関係はいつか飽きる。

桐生としては、叶野にも桑名にも坂本にも、人間的な魅力を感じていた。

叶野は大胆不敵《だいたんふてき》で強引なところが。

桑名は大人の包容力《ほうようりょく》と落ち着きが。

坂本は——まあクズだが。

「買った買った」

大きなショッパーを肩から提《さ》げた坂本が、「なにか食いに行こう」と言う。

「パスタとかどうだ」

「いいな」

風が冷たいので足早にフードエリアに向かい、目星のイタリアンレストランに入る。

そろって、熱々のシーフードスープパスタを頼み、あれこれと世間話をする。桐生は仕事の話を、坂本は馬の話を。

まったく噛み合わない会話だが、それがいつも心地《ここち》好《よ》い。

なにせ十年来の仲だ。相手が呼吸するタイミングも無意識のうちに摑んでいる。

しみじみと平和な日常に浸っている桐生に、「これ」と坂本が銀色の鍵を渡してきた。

「なんだ、この鍵」

「貞操帯のジッパーを開ける鍵だ。そろそろトイレ行きたいだろ。いまだけ鍵を渡すから行ってこい」

「……ありがとう」

なぜか礼を言ってしまい、店の外にあるトイレでおとなしく個室に入った。

相変わらず腰にぎちぎちと嵌まったショーツは脱げない。開けられるのは錠前から続いたジッパーだけ。

ジリッと引き下ろしたそこから性器を取り出し、用を足す。丁寧《ていねい》に拭い、情けない思いでもう一度ジッパーを閉めた。

それから綺麗に手を洗ってテーブルへと戻った。

「そろそろ、のんびり帰るか。夕方近くになると道路も混むし」

「まあ、うん」

ぎゅっと握った鍵を返したくなくて様子を窺《うかが》っていると、「ほら」と大きな手が突き出てくる。

「やっぱり返すのか……」

「当たり前だろ」

渋々と鍵を返し、食後の紅茶はひと口だけにしておいた。

駐車場に向かう途中、アウトドアショップを見かけたので参考のために入ってみると、ベランピングに最適なフリースのブランケットやクッションがたくさん売られていた。

ホリデーシーズンを迎えているせいか、色柄も華やかなものが多い。

「この赤と緑のクッションなんかいいんじゃないか？　せっかくベランピングするならカラフルなほうが楽しい」

「カバーは取り外して洗えるんだ、いいな。一応、二個買うか。こっちの黄色と焦《こ》げ茶《ちゃ》のブランケットも」

クッション二個にブランケット二枚となると荷物が嵩張《かさば》る。これは桐生が持つことにした。

ショッパーを提げた彼と駐車場に停めた車に辿《たど》り着き、ひと息つく。

「アウトレット、大賑わいだったな」

「ああ。静かな車に戻ってくるとほっとする」

だだっ広い駐車場の隅《すみ》に停めた車の周囲はがらんとしている。喧噪《けんそう》も遠い。

坂本は後部座席にショッパーを載せている。

「桐生、おまえもうしろに乗ってみるか？」

「え？」

「うしろ。広いんだよ。せっかく借りたのに、助手席ばっかじゃつまんないだろ。帰りは後部座席で寝て帰れよ」

「そんな、おまえに悪い」

「遠慮《えんりょ》するなって。俺とおまえの仲だろ」

坂本らしくない言葉にどきりとしてしまった。

「ありがとう……ちょっと疲れたからそうする」

「じゃ、シート倒す」

座席を倒し、後部を広くさせた坂本がぽんぽんとシートを叩き、「どうだ」と自慢げに笑いかけてくる。

「買い物の荷物も多くなりそうだし、帰りはおまえがゆっくりしたいって言い出すと思って、SUV車にしたんだ。いいだろ」

「だな。こんなに広いなら車内泊もできそうだ。……車内泊か、企画としておもしろいな。今度、桑名部長に話してみよう」

「ガスコンロや寝袋を持ち込めば、どこでも寝泊まりOKだよな。行き先を決めないで気分の向くまま車を走らせて、道の駅で休憩して買い物して」

「いまは車を停めて寝泊まりできる駐車場も増えたから、あとでリサーチしておく。助かったよ、坂本。ベランピングの次は車内泊。気を遣わずに車の中で過ごせるって案外いいかもな。風呂は温泉街の立ち寄り湯やスーパー銭湯を利用すればいいんだし……うん。アイデアがどんどん沸いてくる」

「おまえの役に立ててよかったよ。んじゃ、ご褒美な？」

「なんだ？　温かい缶コーヒーでも買ってくるか」

すでにフラットな座席でくつろいでいた桐生が笑うと、坂本が意味深に笑って後部座席へ入り込んでくる。そして桐生よりも先に靴《くつ》を脱いでシートに寝転がる。

「お、いいな。新車だからシートもへたれてないし、このまま寝てもよさそうだ。さっき、ショップでブランケットとクッション買っただろ。あれを使えばいい」

「まあ、そうだけど」

確かに男ふたりが寝そべってもまだ余裕がある。

「おまえも隣に来いよ」

誘われ、顔が熱くなる。

なにが始まるというわけではないだろうが。自宅でもべつべつの部屋なので、坂本の隣に寝転ぶのはいささか照れくさい。

買ったばかりのクッションに頭を載せ、ブランケットをふわりとかけてみた。

上質なフリースだから厚みがあって暖かい。

このままでいると、ほんとうに寝てしまいそうだ。

穏やかな呼吸を繰り返している坂本は、もしかして眠ってしまったのだろうか。

起きている間は、やっかいなことばかりしでかす男の寝顔をそっと盗《ぬす》み見る。

黙っていればいい男なのだ。黙ってさえいれば。

ボストン眼鏡をかけた坂本の目は切れ長で、鼻筋も通っている。上くちびるがすこし厚めなのがセクシーだ。

この男の脳みそには、いったいなにが詰まっているのだろう。

五割が大人の玩具のことで、四割が馬、残り一割は自分のことではないだろうか。いや、もしかしたらその一割はパチスロかもしれない。

ブランケットを広げて彼の身体にもかけてやると、ぱちっと瞼が開いた。

「可愛いことするなよ。いたずらしたくなるだろ」

「そういうつもりじゃない」

くちびるを尖《とが》らせた瞬間、坂本が覆い被さってきた。

やにわに桐生のコートの前をはだけ、セーターを胸までたくし上げる。

「な……っ……坂本！」

「ここまで来たらカーセクしとかないとな」

「ばか！　ここ駐車場だぞ！」

「だから？　べつに最後までするわけじゃない」

「……ッ」

坂本は三人の男の中で、唯一《ゆいいつ》挿入しない。

桐生をアイデアのミューズとかなんとか言って、桐生が桑名と叶野たちに組み敷かれている際に、己の下肢を扱き、顔や身体に精液をかけてくるぐらいだ。

そんな男と車中でふたりきり、なにが起こっても不思議はない。

「こうして普通にしていると、標準よりすこし大きめな乳首って感じなんだよな」

「う……」

左の乳首をやわやわと捏ねられ、狂おしい。

男の愛撫を覚えきったそこは、ちょっとの刺激でも肥大してしまうのだ。

「ああ、だんだん芯が入ってきた。いい感じだな。やっぱりおまえの乳首はこうでなきゃ。真っ赤にふくらんで、男の愛撫を待ち望んでいやらしく反り返ってる。この、重たそうな乳頭も最高だよな。おい、もうスリットがはっきりわかるぞ」

「息、吹きかけるな……！」

ふうっと熱っぽい吐息を胸に感じて、びくんと背を反らす。

むにむにと揉み込まれた乳首はたちまち尖り、ぷるんと重たげに乳頭が揺れる。

こんな卑猥な乳首にした責任を取ってほしい。

もう一生、温泉や銭湯に行けないのではないか。

坂本はモッズコートのポケットを探り、黒いU字型の器具を取り出す。両端にちいさなねじがついていた。

「な、なんだ、それ……」

「おまえの乳首を愛《め》でるアイテムだ」

ジタバタともがく桐生をよそに、坂本はそのおかしな器具で左乳首の根元を挟み込むと、左右のねじをきりきりと締め上げていく。

「あ、——あ、あ……ッ……あぁ……ッ！」

目の前に火花が散った。物憂く熟れた乳首がカチカチに勃起し、器具の締め付けによってますます充血していく。

その状態でスラックスの上を軽くさすられると、じわ……っとなにか熱いものが身体の奥から染み出すような感覚に襲《おそ》われる。

まさか、漏らしているのではないか。いや、トイレにはさっき行ったばかりだ。

だったらこれは、快楽を示す甘蜜か。

上質な革をいやらしい汁で汚したくなくて身をよじったが、半身に乗り上げている坂本はびくともしない。

「俺だけが楽しむのは不公平だろう。あいつらにも見せてやろう」

「あ、う、っん、んん、き、つ……っい、外せ……！」

「だめだ。そのままエロく悶《もだ》えてろ」

冷酷《れいこく》に笑う坂本が、スマートフォンをもう片方のポケットから取り出し、片手で器用に操作する。

こんなおかしな関係になってから、叶野と桑名、そして坂本はグループラインを作り、桐生のはしたない画像や動画を共有し、愉しんでいる。

一応、桐生もメンバーに入っているのだが、見るのは稀《まれ》だ。

グループラインのビデオ通話で桑名と叶野を呼び出した坂本が、「ほら」と画面を向けてくる。

「おまえの破廉恥《はれんち》な姿、見せつけてやれよ」

「ばか、……ばか……！　こんなの、やだ……はずせ……っん、んぅ、あ――……っ」

乳首を締め付けるねじがさらに巻かれ、ぎりぎりと圧迫が強くなっていく。

括《くび》り出された尖りは熟《じゅく》し、ぷっくりといやらしくふくらんでいた。

「こんな――したら……かたち、変わる……っ」

「もともとだろ。おまえの乳首は男に吸われるためにあるんだよ」

そんなばかな。

『こんばんは、桐生くん。今日は車の中でいたずらされてるのかな？　カーセックスするのは僕が最初だと思ってたんだけどね』

『俺が先だと思ってたんですけど』

桑名と叶野の弾んだ声が聞こえる。

この乳首は自分のものであって――けれど、なんのためにあるのだろうか。自慰するためではない。

飾りみたいなものだ。ミルクが出るわけでもないのだし。

葛藤を見抜いたのか、むっちりと突き出た乳頭をひと差し指でいたずらっぽくつつく坂本が、スマートフォンを胸に近づける。

赤いグミのような乳首が画面に映し出されると、ごくりと生唾《なまつば》を呑む音がスピーカーから聞こえてきた。

『いいね……左の乳首かな？』

『そのU字型の玩具、坂本さんの新作ですか』

「試作品だ。両サイドのねじを巻くと乳首が括り出される仕組みだ。あまりやり過ぎると痛いだろうから、このへんが限界だな」

『貞操帯はどうなってます？　乳首へのお仕置きでもう射精しちゃってるんじゃありません？』

「見たいか？」

『見たいね』

『見たいです』

　意見が一致し、坂本が桐生のスラックスに手をかけ、前をくつろげる。

「ハハ、もうぎちぎちだ。ジッパーを下ろしたら勃起×××が勢いよく飛び出しそうだな」

「く……っ」

「認めろ桐生。意思とは裏腹に、おまえの身体は淫乱に仕上がってるんだよ。なに、大丈夫だ。ここで射精しても、替えぐらいいくらでも作ってやる。出すか？」

「……ッやだ……！」

　最後の抵抗を試みて、足をばたつかせ、背を反らす。

　貞操帯越しに性器を擦られると、せつないぐらいに昂ぶり、いまにも達してしまいそうだ。しかし、陰嚢ごとぎっちり包み込まれていて、出そうにも出せない。

「じゃあ、乳首イキするか。光栄に思えよ。この俺がしゃぶってやるんだからな」

　坂本が舌舐めずりし、おもむろに熟れた乳首を、じゅうっと吸い上げてきた。

　いやらしい舌遣いを信じられない思いで見つめた。

　形のいい坂本のくちびるに、乳首が吸い込まれていく。

お手数ですが
切手をおはり
下さい。

郵便はがき

1 0 2 - 0 0 7 5

東京都千代田区三番町8−1
三番町東急ビル6F

㈱竹書房　ラヴァーズ文庫

「発育乳首〜白蜜管理〜」

愛読者係行

アンケートの〆切日は2022年4月30日当日消印有効、発表は発送をもってかえさせていただきます。					
A	芳名《フリガナ》				
B	年齢　　　歳	C	女・男	D	ご職業
E	ご住所 〒				
F	購入方法 ・書店　・通販　・その他（　　） 電子書籍を購読しますか？ ・電子書籍メインで購読している　・ときどき購読する　・購読しない				
※いただいた御感想は今後、「ラヴァーズ文庫」の企画の参考にさせていただきます。なお、御本人の了承を得ずに個人情報を第三者に提供することはございません。					

「発育乳首～白蜜管理～」

ラヴァーズ文庫をご購読いただきありがとうございます。2021年新刊のサイン本(書下ろしカード封入)を抽選でプレゼント致します。(作家：秀 香穂里・西野 花・いおかいつき・奈良千春・國沢 智)帯についている応募券２枚(11月、1月発売のラヴァーズ文庫の中から２冊分)を貼って、アンケートにお答えの上、ご応募下さい。

G
●ご希望のタイトル
・蜜言弄め／西野 花　・ラブコレ17thアニバーサリー
・発育乳首～白蜜管理～ / 秀 香穂里　・飴と鞭も恋のうち～Fourthメイクラブ～/いおかいつき

H
●好きな小説家・イラストレーターは？

I
●ご購入になりました本書の感想をお書きください。
タイトル：
感想：

タイトル：
感想：

応募券を貼って下さい

応募券を貼って下さい

J
●プレゼント当選時の宛名カードになりますので必ずお書きください。
住所 〒

氏名　　　　　　　　　様

ウインタープレゼント

書下ろしSSカード封入サイン本プレゼント!!

ラヴァーズ文庫2021年新刊のサイン本（書下ろしカード封入）を抽選で各100名様にプレゼント致します。帯についている応募券2枚（11月、1月発売のラヴァーズ文庫の中から2冊分）をアンケートハガキか官製ハガキに貼って、以下の必要事項をご明記の上、ご応募下さい。ご希望のタイトル・住所・氏名・年齢・職業・作品の感想・好きな作家・好きなイラストレーター

あて先
〒102-0075
東京都千代田区三番町8-1
三番町東急ビル6F
(株)竹書房 ラヴァーズ文庫
ウインタープレゼント係

しめきり
2022年4月30日
当日消印有効
※当選者の発表は賞品の発送をもってかえさせて頂きます。

100名様

※イラストはイメージです。

【蜜言弄め ～小説家と漫画家に言葉責めされています～】
著 西野 花
画 奈良千春

【ラブコレ17thアニバーサリー】
執筆作家8名のサインのみ。カードは付きません

【発育乳首 ～白蜜管理～】
著 秀 香穂里
画 奈良千春

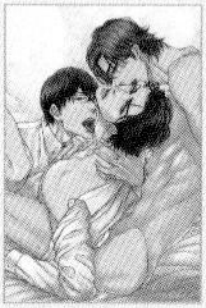

【飴と鞭も恋のうち ～Fourthメイクラブ～】
著 いおかいつき
画 國沢 智

ラヴァーズ文庫 4月の新刊予告

人気シリーズ。
上海の『獅子』と日本人弁護士に降りかかる思いがけない愛罠。
［獅子の契り］(仮)
著 ふゆの仁子
画 奈良千春

元公務員のお堅い新オーナー、イケメンホストたちに啼かされる!?
［雄の花園 ～ホストたちが言うことをきいてくれません～(仮)］
著 西野 花
画 國沢 智

(株)竹書房 http://bl.takeshobo.co.jp

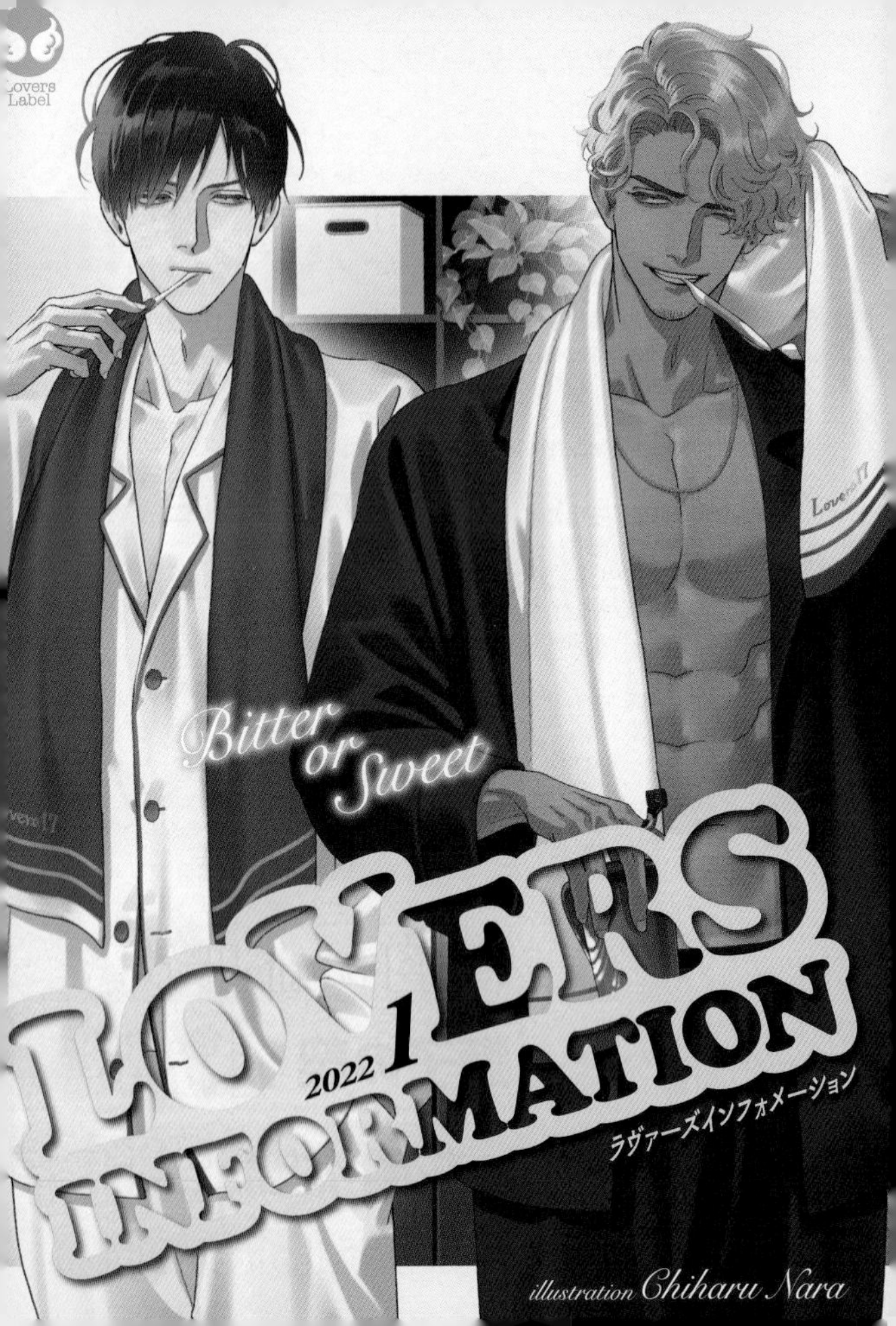

Lovers Label
Bitter or Sweet
LOVERS INFORMATION
2022 1
ラヴァーズインフォメーション
illustration Chiharu Nara

GROUP VIDEO
REC

ずっと不毛な恋をしてきた男に乳首を吸われている。それも、ひどく淫猥に。

赤く、肉厚の坂本の舌が乳首をくるみ、スリットをちろちろと抉り込んできた。そして、思いきりきつく、ちゅるっと吸われた。

刹那《せつな》、全身がビリッと甘く痺れるような快感がほとばしり、脳内が真っ白になる。

「あッ、あッ、あぁッ！」

どくんと心臓が強く打つ。ひくひくと引《ひ》き攣《つ》る下肢からはなにも出ないが、桐生は忘我《ぼうが》の境《きょう》地《ち》を漂っていた。

意識がふわふわし、ひどく怠《だる》いのに、快感だけが凄《すさ》まじく鋭《するど》い。

乳首の先端からなにか出てしまいそうだ。ちゅっちゅっと立て続けに甘く吸われるたび、腰が跳ねる。

「あ――……はぁ……、んあっ……あっ……」

「イったみたいだな」

『乳首でイっちゃう瞬間の課長、スクショしました。一生オカズになりそう』

『僕は録画しているよ。悶え狂う桐生くんの顔も、甘く熟れた乳首も、白い肌に艶《なま》めかしく食い込む黒革の貞操帯もバッチリ撮れてる。今度、これをうちのプロジェクターでスクリーンに大写ししながらきみを抱きたいな……』

『俺も……！』

スピーカーからふたりの男の荒々しい息遣いが聞こえ、淫靡《いんび》な気配が伝わってくる。

上気した桑名と叶野が画面に映り、桐生は茫然《ぼうぜん》としていた。

「乳首だけでイけるようになるなんて、とんだドスケベエリートだな桐生」

「くそ……おまえ……」

達したばかりで、罵倒にも力がこもらない。

坂本がてきぱきと衣服の乱れを直し、ふわりとブランケットをかけてきた。

「家まで寝てろ。安全運転で帰るから」

こんなことのためにブランケットを買ったんじゃない。

そう言いたかったが、どろどろに疲れ切った身体は、眠りの世界に行きたがっている。

うとうとする桐生の耳に、坂本が囁いてきた。

「この貞操帯、もっと改良する必要があるな。……プロの指導を仰ぐか」

プロって、なんのプロだ。

これ以上、俺をどうするつもりだ。

声は声にならず、桐生はゆったりとした睡魔に誘われていった。

四章

その店は会員制とのことで、一般人は入れない。

坂本《さかもと》が桑名《くわな》に相談を持ちかけたところ、「いい店があるよ」と紹介してくれたらしい。

翌週の金曜、仕事帰りに桐生《きりゅう》は桑名、坂本、叶野《かのう》の三人と六本木にある雑居ビルの地下クラブを訪ねた。

壁に打ち付けられている金属板に彫《ほ》られた店名は『クラブ・ゼルダ』。

地下へ通じる階段を下りると鉄製の黒い扉《とびら》が待ち構えており、その両際《りょうぎわ》にゴツい番犬のような男たちが警棒《けいぼう》を持って立っていた。

「ここって……どういう店なんですか」

「きみをいま以上に輝かせる特別なクラブだよ」

涼《すず》しい顔をして言う桑名に、叶野が感心したふうに吐息《といき》をつく。

「桑名部長、さすがいろんなお店をご存じですね。あからさまに普通の店じゃないことだけは確かだけど」

「だよな」

坂本も楽しそうだ。ここに来る前、四人で鉄板焼きを食べていたときから上機嫌《じょうきげん》だった。

彼が目を輝かせるのも無理はない。

扉を守る男たちは、この寒空に上半身裸《はだか》でサスペンダー付きの黒革《くろかわ》の短パンを穿《は》き、ブーツを履《は》いている。おまけに軍帽《ぐんぼう》のようなものまでかぶった、奇妙《きみょう》な出《い》で立《だ》ちのボディガードだ。

その男のひとりに桑名が名を告げると、スマートフォンを取り出して名前と顔を照合してから、ひとつ頷《うなず》いたボディガードが無言で扉を開けた。

店内は薄暗く、かなり広そうだ。

目が薄闇《うすやみ》に慣れるまで何度もまばたきしてみると、おぼろげながらあたりの様子が摑《つか》めてきた。

ほぼ円形の店内の中央には、一段高い正方形のステージのようなものがしつらえられている。

そこには王者が座るような豪華《ごうか》な手すりつきの椅子《いす》が一脚だけ置かれていた。

そのステージを囲むように、ぐるりとソファとテーブルが配置されている。立ち上る熱気からして、八割近くはうまっているようだ。

なぜか、男たちだけで。

「みんな、こっちだよ」

ステージにもっとも近い、四人掛けの半円形ソファに腰掛けた桑名が手を振る。

坂本と叶野に挟《はさ》まれてぐいぐい肩を押され、仕方なしにソファの真ん中に腰を下ろした。

てくる。


「なに呑《の》む？」

「ビールとか無粋《ぶすい》ですかね」

やや緊張気味《きんちょうぎみ》の叶野に、桑名が鷹揚《おうよう》に笑う。

「そんなことないよ。美味《おい》しいクラフトビールがあるんだ。それを頼もう」

桑名が手を挙げれば、扉の外を守っていた男たちと同様に、半裸《はんら》の男が大股《おおまた》気味に歩み寄ってくる。

ぴっちり張り付く革の短パンは、前が大きく盛り上がっていて、目のやり場に困る。

注文したビールがすぐさま運ばれてきた。ナッツとチョコレートも。

「乾杯《かんぱい》しよう。この面子《めんつ》で会うのはベランピング企画以来だね。乾杯」

「乾杯！」

早速《さっそく》、場に馴染《なじ》んだ叶野がグラスを掲《かか》げ、桐生にぶつけてくる。桐生も無言で三人とグラスを触れ合わせ、ビールを一気に半分ほど飲み干《ほ》した。

少しでも酔《よ》わないと、この先の展開を受け入れられなさそうだ。

味わいのあるクラフトビールは素直に美味しかった。

アルコールが入ったことでわずかにこころに余裕が生まれ、振り返ってソファ越しに背後の様子を窺《うかが》う。

どこもかしこも、男同士で肩を寄せ合い、親しげに手を握《にぎ》り、キスしているカップルもいた。

「……ゲイ向けの店なんですか」

「そうだね。まあ、それだけじゃないんだけど」

意味深なウインクが返ってくることにどきどきし、上品な味のビールをもうひと口呷《あお》る。

「おもしろいものが見られるよ。きっとね」

桑名の言葉が合図かのように、目の前のステージにライトが当たる。

ぎらぎらとまばゆい光のせいで、ステージそのものが発光しているみたいだ。きっと、フットライトも埋《う》め込まれているのだろう。

店の奥から硬い革靴《かわぐつ》の音が聞こえてきたかと思ったら、黒いサテンシャツに革のパンツを穿いた、とびきりの美形の男がステージに上がった。

肩につくぐらいのアッシュブロンドの髪をゆるく片側で束《たば》ね、うっとりするような切れ長なまなざしで客席を見渡す。

「ようこそ、クラブ・ゼルダへ。今夜は私、守《まもる》が皆様の胸を高鳴らせます。どうぞ最後までごゆるりとお楽しみください」

守と名乗った二十代後半くらいの男は、革張りの椅子に深々と腰掛け、片足を組む。手には頑丈《がんじょう》そうなパドルを持っていた。

艶《つや》があり、しなやかなそれにはなにかが刺繍《ししゅう》されているのがちらっと見えたが、実際なんなのか、ライトが眩《まぶ》しすぎてよくわからない。

「今宵《こよい》のスレイブをここへ」

甘い声に、やはり店の奥からスーツ姿の男性が歩み出てくる。年は三十代だろうか。真面目《まじめ》そうな面差《おもざ》しだが、無表情にも見える。

「スレイブ、って……」

「奴隷《どれい》のことだよ」

ステージから目を離さず、桑名が静かに答える。

「いまからとてもおもしろいものが見られる。愉《たの》しみにしていなさい」

「は……」

知らず知らずのうちに左胸を押さえていた。どくどくとした音がうるさい。

「私の前にひざまずきなさい」

「――はい、守様」

男性は守の前で正座をする。その顎《あご》を守はパドルの先でくいっと押し上げた。

「あなたは会社の同僚《どうりょう》によからぬ懸想《けそう》をしているとか。想うだけならまだしも、その同僚のデスクで深夜、自慰《じい》に耽《ふけ》ったそうですね。なんてはしたない」

「す、すみません、守様」

「きっと、同僚のデスクにべったりと精液を擦《こす》り付けたのでしょう。きちんと掃除しましたか」

「それは——もちろんです。我に返ったあと、隅々《すみずみ》まで水拭《みずぶ》きして……」

「でも、また同じことをしたいと思っているでしょう？　なんだったら、その同僚のデスクに腰を押し付け前後に揺さぶって、まるであたかも同僚に犯されるところを想像しながら達するところを想像したのでしょう？」

「なぜ、……なぜすべてお見通しなのですか」

「そうでなくては、あなたのマスターを名乗れませんからね。さあ、ここでそのいやらしいお尻《しり》を皆さんにお見せなさい。罰《ばつ》を与えます」

「ここで……ですか」

「そう、皆さんが見守るここで。できないと言うなら罰はなしですよ」

「いえ、いえ、いま……脱ぎます」

もたもたとスラックスを脱ぎ、ためらいがちにボクサーパンツまで下ろした男性のそこは鋭《えい》角《かく》になり、しっかりと勃起《ぼっき》していた。それを見た守が片頬《かたほお》で笑う。

「おやおや、私の言葉だけでもう感じていたのですか？　淫乱《いんらん》なエリートサラリーマンですね。誰もが知る大会社に勤めるあなたがこんなにも変態《へんたい》だとは」

「……中し訳、ございません……」

昂《たか》ぶったそこを両手で隠《かく》す男性の耳の先までが赤い。涙《なみだ》をうっすらと目縁《まぶち》に溜めていた。

「お尻をこちらに向けて、四つん這《ば》いになって」

「……はい」

ジャケットやワイシャツ、ネクタイはそのままに、下肢《かし》だけ剝《む》き出しにした男性が四つん這いになり、尻を客席側に向ける。

形よく盛り上がった尻だ。日頃から肌の手入れをしているのだろう。薄《うす》く汗《あせ》ばんでいて、なんとも艶《なま》めかしい。

しかし、大事な部分までがこちらに晒《さら》されていて、どこを見ていいかわからない。

「同僚のデスクで自慰を何回しましたか」

やわらかだが、無言でいることを否とする声音《こわね》だ。

男性はか細い声で、「二、回……です」と答える。

「嘘《うそ》でしょう。こんなにエッチなお尻がたった二回の自慰で満足できたとは到底思えません。正直に答えなさい」

「……四……いえ、五回、です。ほんとうです」

「わかりました、五回ですね。では、罪《つみ》の数だけあなたに罰を与えます」

言うなり、守はパドルのしなやかさを確かめるかのごとく、空《くう》を切る。ひゅんっと鋭い音に桐生はびくんと身を震わせた。

あれで自分が撲《ぶ》たれたら。

たった一回でも屈《くっ》してしまうだろう。

黒いパドルがパシンと鋭い音を立てて、男性の尻に当たった。

「……ァ……ッ！　く……！」

白い尻が悩ましげに揺れる。パドルが当たった部分が赤く染まり、「M」の字がくっきりと浮かび上がる。

パドルに刺繍されていたのは、守のイニシャルだったのだ。

「撲たれても感じるのですか」

「ん、んっ、あ、ちが……っ！　守さま、あぁ……っ！」

渾身《こんしん》の力を込めて守がパドルを振り下ろす。革の固いパドルがなめらかな尻を叩《たた》くたび、「M」の文字が刻印《こくいん》されていく。

「だめ、です、だめ、あっ、あ、あ、もっと……！」

「好きになさい。皆さんの前であなたの本性《ほんしょう》を見せなさい。ほら、もっとお尻を振って。同僚の×××は太いとか、大きいとか妄想《もうそう》しているんでしょう？　筋《すじ》が太く浮いてあなたの中に挿《はい》るときにエラが擦《こす》れてすぐにイきたくなるんでしょう。バックで突かれたいんですか？　それとも騎乗位《きじょうい》？　あなたがオフィスの椅子に座る同僚の上で淫《みだ》らによがるところ、私にも想像できますよ。どうせこらえ性《しょう》もなくよがり狂《くる》って、『勃起×××でズボズボして』と頼み込むのでしょう。あなたのほんとうの姿は大手企業のエリートサラリーマンなんかじゃない。同僚の極太の性器を口いっぱいに頬張《ほおば》りたくて、とろとろに涎《よだれ》を垂《た》らしてまでおしゃぶりしたくて、最奥に精液をぶっかけてほしいだけのただの淫乱《いんらん》ですよ」

甘やかな声が男性を――桐生を搦《から》め捕《と》っていく。

一瞬もまばたきできず、釘付《くぎづ》けになっていた。

ちりちりと痺《しび》れのようなものが肌をざわめかせ、腰の奥のほうで熱がどろりと湧《わ》き出す。

今夜も貞操帯《ていそうたい》を着けさせられていた。革のショーツの中で性器が痛いほどに張り詰めている。

パシン、と高らかに音が鳴る。男性が我慢できずに背筋《せすじ》を反《そ》らせた。

「あ、んーっん、っん、イく、イく……！」

五回目の打擲《ちょうちゃく》で、ぱたぱたっと白濁《はくだく》が床に散った。

「なんて破廉恥《はれんち》な……」

よほど力を込めていたのだろう。守の額にも汗が滲《にじ》んでいる。

男性はくたくたとステージに倒れ込む。その尻をくりっと革靴で踏みつける守はさも楽しそうだ。

「んっ、ん……はぁ……っ……ありが、とうござい、ます……ありがとう、ございます……」

「下がりなさい」

パドルを振り上げた先に半裸の短パン男がふたり立っていて、脱力する男性の脇を抱えてステージから下ろす。

もうひとり男が現れ、ステージを綺麗《きれい》に拭《ふ》いて去っていった。

真っ白なハンカチで額を拭《ぬぐ》う守は、にこりと笑いかけてくる。

「今夜は初っぱなから可愛い淫乱に会えて光栄ですね。世の中のMが皆、こう感じやすくいてくれると、Sの私としても楽しいのですが。もうすこし歯ごたえのあるMにも会いたいものですね」

「Sって……Mって……、ここ……あの……」

「SMクラブだよ。その筋ではとても有名な店なんだ」

桑名がひそやかに耳打ちしてくる。

「すごい言葉責めでしたね。課長も感じちゃったんじゃありません？」

「……ばか言うな！」

気色《けしき》ばんだときだった。ピンスポットがカッと桐生を照らす。

慌《あわ》ててステージを見れば、守が立ち上がり、パドルを軽く振っている。

「——そこのあなた、そう、あなたです。いま、いい声を聞かせてくれましたね」

「い、いえ、私は、その」

「初めて見る顔です。意思の強そうな目をしている……さあ、ステージに上がりなさい」

「え？」

突然の指名に身体が強張《こわば》ってしまった。

「守さんが客を呼んだら、ステージに上がるのがここのお約束だよ。さあ、行っておいで」

桑名にうながされたが、行けるはずがない。

ぎゅっと身体を縮《ちぢ》こめていると、ふたりの屈強な短パン男がテーブルの前に立ち、桐生の腕を取る。そのままテーブルをずらされ、有無も言わさずステージに上がらされた。

「部長……！」

救いを求めて振り返ったものの、皆、興味津々《きょうみしんしん》に手を振るだけだ。

まばゆいステージは四角いパネルが埋め込まれ、強烈《きょうれつ》に輝いている。そこに膝《ひざ》をついた桐生は戸惑《とまど》うばかりで、おろおろしてしまう。

「こんばんは」

椅子に座り直した守が、余裕たっぷりに微笑《ほほえ》みかけてくる。

「……こ、こんばんは」

「あなたのお名前は？」

「……桐生、です」

「いい名前だ。芯《しん》の強そうなあなたにぴったりですね。今夜はどうしてここに？」

「……友人に、連れられて……ですが、その、私はＳＭには興味がなくて……」

「安心なさい。いきなりこれで撲つわけではありませんよ」

パドルを優雅《ゆうが》に振る守の目が、強く射貫《いぬ》いてくるのが怖い。

ふいっと顔を逸《そ》らしたが、自分のいるステージがまぶしすぎて、客席は真っ暗だ。桑名も叶野も坂本も見えない。

「SMに興味がない——そうおっしゃいましたね。あなたの思い込みを正して差し上げましょう。誰でもSやMの要素をひそめている。支配したい、支配されたい。尽《つ》くしたい、尽くされたい。あなたはどちらでしょうね？」

パドルでくいっと顎を押し上げられて、守と視線がかち合う。

澄《す》んだ目で射竦《いすく》められ、ぞくりと背筋が震えた。

パドルの先がつうっと首筋《くびすじ》を這い、ネクタイの結び目をつんつんといたずらっぽくつつき、胸のあたりでぴたりと止まる。

「……うん？」

守のくちびるの端《はし》が、きゅっと吊《つ》り上がった。

「どうやら桐生さんは、いやらしい秘密を隠していらっしゃるようですね。乳首を見せて」

「いやです」

「見せてごらんなさい。べつに晒《さら》して恥ずかしくないのなら、なにも問題はないでしょう？」

「絶対にいやです」

こんな場所で見世物にされてたまるか。頑として頭を横に振ったが、守の楽しげな表情は崩《くず》れない。

「おまえたち。この方のシャツのボタンを外しておあげなさい。くれぐれも丁重《ていちょう》に」

控えていた短パン男たちがステージに上がってきて、がっしりと桐生を羽交《はが》い締《じ》めにする。

そしてもうひとりが、やさしいとも言える仕草でネクタイを解《ほど》き、ワイシャツのボタンをゆっくりと外していく。

「やだ、いやだ、待って、やめてくれ！」

一番胸囲が張った部分のボタンが外された途端《とたん》、ぷるんと乳首が揺れてこぼれ出た。

「ああ……これは素敵な乳首だ。乳頭《にゅうとう》が真っ赤に熟《う》れて、乳暈《にゅううん》もふっくら盛り上がって……こんなに淫乱な乳首は初めてお目にかかりますね。誰かに育ててもらったんですか？」

「ちがい、ます……！　ちがう、これは——」

「桐生さんは嘘が下手ですね。私は長いこと、このステージで多くの男の痴態《ちたい》を見てきました。しかし、あなたほど魅力的《みりょくてき》な乳首は見たことがありませんよ。大丈夫、ここにいるのは共通の秘密を持った者ばかりです。外には絶対に漏《も》れない。この店に入れる者は皆、身元を照合しているから安心してください。あなたが考えているよりずっと名が知れ渡っている人も、ＳＭの奥深さに目覚めてここに来ているんですよ。だから——」

そう言って、守はパドルの先でツンと乳首をつつく。

その刺激が下肢にも伝わり、油断すると感じてしまいそうだ。

だめだ、こんなところで油断できるものか。

桑名と叶野、そして坂本にならなかった知られても仕方ないと思っている秘密を、見知らぬ大勢の客

の前で明かされるのは耐《た》えられなかった。

必死に身をよじり、男たちの拘束《こうそく》を解こうとするが、力が強すぎて敵《かな》わない。

「散々しゃぶられて、嚙《か》まれたんでしょうね……あなたの乳首をここまで育てたひとの顔が見てみたいな」

哀願《あいがん》するように客席に顔を向けると、そこにライトが当てられる。桑名たちが笑いながら手を振っていた。

殴《なぐ》れるものなら殴ってやりたい。いますぐ。彼らだけじゃなくて、自分も。

「なるほど、彼らに愛されているんですか」

「……違います」

「強情なひとだ。そこも私好みではありますが」

ふふっと笑った守はパドルをさらに下にずらし、股間《こかん》のあたりを探る。そして、おや、という表情を見せた。

左眉《ひだりまゆ》を跳《は》ね上げ、なにか考え込んでいる様子だ。

まさか、貞操帯を着けていることがバレたのだろうか。

いやだ、絶対にそこまでは晒《さら》したくない。

くるり、くるりとパドルの先端で下肢を嬲《なぶ》られ、うっかりすると声を漏らしてしまいそうだが、奥歯を嚙み締めてなんとか堪《こら》えた。

「稀《まれ》に見る素敵な方だ。一気に崩すのはもったいない。今日はこの熟れきった乳首を見せていただけたことで満足するとしましょう。席にお戻りなさい」

あっさりと手を引いた守が顎を上げると、背後の男たちがすっと引き下がる。急いでシャツの前をかき合わせ、転がるようにしてソファに戻った。

「帰る！　もういやだ、こんなところ」

憤然《ふんぜん》と立ち上がる桐生の袖《そで》を「まあまあ」と坂本たちが引っ張ってきたが、今回ばかりは我慢できなかった。

無理やり彼らの手を振り解いて、足早に店の出口へと向かう。

「桐生くんには、少し刺激が強かったかな」

「でもやっぱり、課長の乳首は何度見ても最高ですよね」

「俺が見つけて、あんたたちが育てた成果だな」

苦笑する三人を肩越しに睨《にら》みつけ、桐生は地上へと続く階段を駆《か》け上がった。


守に待ち伏《ぶ》せされたのは、その三日後のことだ。

金曜日の衝撃《しょうげき》がなかなか抜けないまま、今日も貞操帯を着けさせられて出社した。

合鍵《あいかぎ》は前もって坂本から桑名に渡されていたので、トイレに行きたい際《さい》は恥を忍んで彼に『鍵を……ください』と頼み込んだ。

もちろん、おとなしく鍵を渡してくれる桑名ではない。

トイレの個室にまでついてきて、散々身体中弄《いじ》り回してきた。用は足せたものの、身体の奥が疼《うず》いてたまらなかった。

『こっそり挿《い》れちゃってもいいんだけどね。叶野くんにバレると怒られそうだから』

くすりと笑う桑名が鍵を持ち、颯爽《さっそう》とした足取りで自席に戻るのを暗澹《あんたん》たる思いで見送った。

身体に燻《くすぶ》る炎《ほのお》からなんとか意識を逸《そ》らし、夜の七時過ぎには仕事を終わらせることができた。

もう十一月も半ば過ぎだ。夜は冷え込む。コートの前をかき合わせて外に出ると、オフィスビルの脇《わき》から、ひょいと顔をのぞかせてくる男がいた。

「こんばんは、桐生さん」

「あなたは……！」

守だ。

暖《あたた》かそうなオフホワイトのムートンコートを羽織り、ベージュのタートルネックセーター、同色のパンツ姿で洗練された装《よそお》いだ。クラブ・ゼルダで見たときとは印象がぜんぜん違う。

「桑名さんに会社の住所を聞いて待ち伏せしてしまいました。もしよかったら、私と一緒に夕飯でも食べませんか。大事な話があるんです」

「え、でも……」

あたりをきょろきょろ見回す。

もし守が何者なのか知っている人物に見られたらどうしよう。

守がスレイブにしたことを克明《こくめい》に思い出し、警戒《けいかい》してしまうのは当然の反応だ。

自分があのステージで痴態《ちたい》を晒したことを知っている者がいたら。

「では、どこか、ホテルにしましょう。話はそこで。ルームサービスでも取りましょう」

腕をぐっと摑まれ、意外な強さに振り解けなかった。

守が通りを走るタクシーに手を挙げて乗り込み、新宿のホテル名を告げた。ビジネスホテルとして有名なそこなら、男性ふたりで入ってもおかしくない。

ホテルに着き、チェックインを手早くすませ、十二階の部屋にふたりで入る。

密室に入るなり、深いため息がこぼれ出た。

「どうして、待ち伏せなんて……」

「あなたに興味があって」

コートを脱いで無造作にばさりとベッドに投げ、守は窓際《まどぎわ》のソファに腰掛ける。

セミダブルベッドが二台にテーブルと椅子が二脚。ビジネスホテルだが、ゆったりした間取りだ。

こうして守をあらためて見ると、ゼルダにいたときよりは、いくぶんか威圧感《いあつかん》が薄い。やはり、あの場は特別なのだろう。

それでも、独特の色っぽさは変わらないが。

「なにか食べましょうか？」

「いえ……食欲があまりないので」

「それなら、まずはワインを。ハムにチーズを載せたものも注文しましょう」

ルームサービスのメニューに目を走らせた守が電話で注文している横で、テレビをつけ、気まずい雰囲気をなんとかやり過ごす。

そうこうしているうちに部屋のチャイムが鳴り、料理がワゴンに乗って運ばれてきた。

ホテルマンがテーブルに料理をセッティングし、一礼して去っていく。

守が冷えたハーフボトルをアイスバケツから取り出し、備え付けのグラスに注《そそ》ぐ。ひとつを守に、もうひとつを自分に。

互いにグラスを軽く掲げ、口に運ぶ。

軽やかな味で、いくらでも呑めそうだが、守相手となると緊張して酔えそうにもない。

しばしテレビをBGMにしてワインとチーズ、ハムを味わった。

ボトルが三分の一になる頃、守が「それで」と腕を組んで椅子に背を預《あず》ける。

「いったい、あなたはどんな人物なのですか？　あの店に一緒に来た三人の男性と同時につき合っているんですか」

「……まあ、そんなところです」

甘やかな声で直裁《ちょくせつ》に切り込まれ、言い逃《のが》れることは不可能だった。

「なるほど、四人で愛し合っているというわけですね。これはめずらしいケースだ。おもしろい。めったに聞ける話ではありません。どんな出会い方だったんでしょうか」

「ひとりは私の同居人で、残るふたりは私の上司と部下です。……あの、これは絶対に内密にしてくださいね。皆、立場がありますので」

「もちろんです。『クラブ・ゼルダ』に属《ぞく》する者は口が固いことで有名です」

「そういう守さんは──あの、どういうご職業で……？」

M男に向かってパドルを振り下ろしていたとなれば、答えはひとつしかないが、本人の口から聞いておきたかった。

「SMプレイヤーですよ。主にM属性《ぞくせい》の男性を嬲っております。先日あなたがいらした際に、ご覧になったのはショウのひとつですね」

「ショウ……」

「私のスレイブとして登録しているM男性をステージに上げ、お客様の前でいたぶるというわけです。M男性にとっても大勢に見られてたまらなく恥ずかしく、興奮《こうふん》し、お客様方もそれぞれご自分のプレイの方向に新しい光を見出《みいだ》すんです。ショウ、楽しかったですか？」

「……刺激が強かったです」

「でしょうね。桐生さんは開発された乳首をお持ちですが、Mだとは断言できませんから。でも、その萌芽《ほうが》は持っていると思いますよ。あのとき、息遣いがすこし荒《あら》かったですもんね。それに」

ちらりと視線で桐生を舐《な》め回し、守は微笑む。

「乳首の他にも秘密があったようですしね。それを知りたくて、今夜あなたに会いに来たんです」

「……秘密」

「スラックスを脱いで、と言ったら脱いでもらえます？」

「いやです」

即答《そくとう》すると、守は大げさに肩を竦《すく》める。

「そう言うと思ってました。ここはゼルダじゃないし、ステージもない。私もパドルを持っていない。あなたに無理強《むりじ》いすることはできませんが、どうしてもスラックスを脱いでほしいな。ちらっとだけ、見せてもらえませんか？　絶対に手を出しませんから。その秘密について、差し支えなければ、有効なアドバイスをしてあげられるかもしれません」

巧《たく》みな言葉に揺り動かされてしまう。

ＳＭプレイヤーと言ったら、セックスにまつわることをすべて知り尽くしているのではないか。それも、男同士の。

有効なアドバイス、という言葉に揺れた。

三分ほど逡巡《しゅんじゅん》し、「あの……」とようやく声を絞《しぼ》り出す。

「……脱《ぬ》ぎます。少しだけ……」

立ち上がり、スラックスの前をゆるめ、ちらりと貞操帯を彼に見せる。

これでもう六枚目の試作品だ。

黒革のショーツには、錠前《じょうまえ》とジッパーがついていることを確認した守は目を瞠《みは》り、楽しげに笑う。

「なるほどなるほど。貞操帯ですね？　ずいぶん凝《こ》った作りのようだ。店にいらしたうちの誰かの趣味ですか？」

「はい」

「あなたは射精管理《しゃせいかんり》をされているんですね。イきたくてもイけない。乳首イキやメスイキができる身体に変化させられていっているようだ。生地の感触を確かめるためにも、少し触ってもよろしいですか？」

「……少し、なら」

テーブル越しに手が伸びてきて、ちいさな錠前をつまむ。

「なるほど、鍵がかかっているから勝手にジッパーを下ろせないんですね。トイレに行きたいときはどうしているんですか？」

「合鍵を持っている上司か部下に頼みます」

「その際、いたずらされることは？」

「……あります」

今日もそうだった。

桑名が合鍵を持っており、トイレについてきて個室で散々貞操帯の上から肉竿を揉《も》み込み、貞操帯をぱんぱんにさせていったのだ。

しかし、射精はさせてくれなかった。

『僕も我慢の限界だけど……これがきみのためだからね。耐えるよ。メスイキできる身体になったきみに早く会いたい』

耳たぶをかりっと噛まれながら囁《ささや》かれた淫らな言葉を思い出し、ぶるりと身体を震わせた。

早く、早くこんなもの外《はず》してほしい。

そして——射精してしまいたい。

こころではそう思うものの、口に出すことはとてもできない。

男を欲しがっていると思われるなんて、死んでもいやだ。

身体は疼くものの、口を閉ざすことはなんとかできる。

「可哀想《かわいそう》に。あなたほど真面目な方は、誰かひとりに念入りに愛されるのが似合うと思うんですけどね。三人のうち、誰かひとりに絞れますか」

守に言われ、三人の顔を思い浮かべる。

なんでも知っていて包容力《ほうようりょく》のある桑名。

前向きで愛情深く、情熱的な叶野。

そして、なにを考えているのか、相変わらずわからない坂本。

皆異なった魅力《みりょく》を持ち、異なったやり方で責めてくる。それを知ってしまったいまでは、誰かひとりを選ぶということが、どうしてもできない。

情が移ったといえばそうだが、桐生は桐生なりに彼らが好きなのだ。

「選べない、といった顔ですね。ならば」

「え?」

音もなく立ち上がった守が、一気に間合いを詰めてきて、桐生の手首を掴み、ベッドに押し倒す。

「守さん……っ!」

「私にしてみませんか、桐生さん」

「なにを……なにをおっしゃってるんですか」

「あなたの恋人たちはとても情熱的なようですが、いまいちやさしさに欠ける気がします。その点、私はプライベートでパートナーを持っていませんし、たったひとりを愛し、尽くすということができます」

「でも……SMプレイヤーですよね」

「そうですが、それがなにか？　職業に貴賤《きせん》がありますか」

「そうじゃなくて。仕事とは言っても、あんなふうに誰かを辱《はずかし》めるひとが恋人かと思うと、やっぱりもやもやしてしまうというか……」

「じゃ、身体に直接聞きましょう」

するりと下肢に手が伸びてきて、スラックスの上から揉み込んでくる。

「う……ん……っ」

昼間、桑名のいたずらで悶《もだ》えた身体だ。まだ奥のほうで炎が燻っているところへ、ねっとりとした的確な守の手つきは酷《こく》だ。

「貞操帯を穿いていても、絶頂に導いてあげましょうか」

「や……っあ、あ……っ」

三人の誰とも違う巧《たく》みな愛撫《あいぶ》に、またたく間に身体に火がつく。

だが、三人を裏切る気がして、どこか芯《しん》が入らない。

ただ達するだけなら誰の手を借りてもいいはずなのだが、やはりその場に直面してみると、こころは違う。

「……やめて、……ください」

「彼らに申し訳ないと思ってるのですか？　お人好しだな」

くくっと笑う守が、ますます淫猥《いんわい》な手つきで下肢を探ってくるが、感じきれない。その反応の鈍《にぶ》さに守も気づいたのだろう。ふっと笑って身体を起こした。

「無理やり抱くのは私の主義ではありませんので、今日はこのへんで手を引きましょう。でも、あなたの身体は疼いているはずだ。こんなにいやらしい貞操帯を着けて、パンパンにしているくせに強情なひとですね。複数の男性に貪《むさぼ》られるのが好きですか？」

「そういう……わけじゃ……」

言葉に詰まる。

複数だから燃えるのではない。たまたまそうなってしまったが。

一対一で抱かれるときだって、どうしようもなく悶えるが、桑名、叶野、坂本の三人に求められると言葉にならない充足感《じゅうそくかん》があるのだ。

彼らに言ったことはないけれど。

「私に愛されてみたらいいのに。こう見えても諦《あきら》めの悪い男なので、連絡先をお伝えしておきますね。スマートフォンを出して」

桐生のスマートフォンを手にした守が、勝手にアドレス帳に電話番号を打ち込む。

髪を片側に流した守は優雅に微笑み、握手《あくしゅ》を求めてくる。

「またお会いしましょう。あなたがもし三人の愛に揺れていたら、すぐに駆けつけますよ」

そう言って、部屋を出ていった。

ひとり残された桐生は悶々《もんもん》としていた。

このままホテルに泊まっていったほうがいい。家に帰っても、坂本は今夜、メーカーとの打ち合わせで不在だ。

貞操帯を穿いているのでシャワーは無理だ。

バスローブに着替え、ベッドに寝転ぶが、さすがに時間が早すぎて眠気が訪れない。

せめて風呂に入りたいのだが。

いまから桑名か叶野に連絡をすれば、合鍵を持ってきてくれるだろうか。

風呂に入らせてくれるだけでいい。身体のことは放っておいて構わないから。

守とのことで全身汗ばんでいる。このままではゆっくり眠れそうにない。

切羽詰《せっぱつ》まって、今日、合鍵を持っていた桑名に電話をかけてみた。まだ仕事中かと思ったが、ツーコールで出てくれた。

「すみません、桐生です。お忙しいところ申し訳ないのですが……いまから言う場所に合鍵を持ってきてもらえませんか」

『おやおや、なにか困ったことがあったのかな？　わかった。すぐに行くよ』

「ありがとうございます」

電話を切ったあともベッドの上で、熱のこもる身体を持てあました。

気晴らしに冷蔵庫からミネラルウォーターのペットボトルを取り出し、半分ほど飲み干《ほ》した。

冷蔵庫には他のワインやビールもあったが、桑名が来る前に酔《よ》い潰《つぶ》れるわけにはいかない。

三十分ほど経《た》った頃だろうか。部屋のチャイムが鳴る。

がばっと跳《は》ね起き、扉を開けに走った。

「やあ、こんばんは、桐生くん。まずは合鍵を渡したほうがいいかな?」

「ぜひ。シャワーを浴びたくて」

「へへ、なら俺も一緒に入っちゃおうかな」

明るい声が桑名の背後から聞こえてきたと思ったら、ひょこりと叶野が顔をのぞかせた。

「叶野!　おまえも来たのか」

「ちょうど桑名部長と同じエレベーターに乗っていたので、来ちゃいました。課長、汗びっしょり。大丈夫ですか?」

「……大丈夫だ。とにかくシャワーを浴びてくるから……好きにしていてくれ」

桑名から合鍵を受け取り、「入ってこなくていいですからね」とふたりに念を押し、バスルームに籠《こ》もる。

もどかしい手つきでバスローブを脱ぎ落とし、貞操帯の錠前に鍵を差し込む。

かしゃりとちいさな音を響かせて外れたことにほっとして、それをなんとか脱ぎ、やっと自由になったところで熱いシャワーを頭から浴びた。

気持ちいい。汗だくの身体をめいっぱい泡立《あわだ》て、髪も根元まで洗った。

ほんとうはバスタブに湯を溜めて、ゆっくり浸《つ》かったほうがいいのだろうが、シャワーだけでも充分に緊張《きんちょう》が解ける。

全身を隅々《すみずみ》まで洗い流し、すっきりしたところで外に出て、新しいバスローブを羽織《はお》る。

生まれ変わった気分だ。

大きな鏡《かがみ》を見ながらドライヤーで髪を乾《かわ》かし、洗面台に置いた貞操帯をじっと見る。

今夜はもう穿きたくない。そもそも自分の意思で穿くものではない。

こういうこともあろうかと、つねに替えの下着を鞄《かばん》の中に入れているから、あとでそれを穿くことにし、髪が乾いたところでバスルームを出た。

桑名と叶野はジャケットを脱ぎ、窓際のソファに座ってビールを呑んでいた。ふたりしてテレビを見ていたようだ。

「あ、課長、おかえりなさい。すっきりしました?」

「ああ、助かった。汗だくで気持ち悪かったんだ」

「ちょうどよかったよ。今夜は会食の予定もなかったからね」

ふたりと話していると、少しずつ荒《あ》れ狂《くる》っていた熱が治まっていく。

「課長も呑みます？　ビール」

「ワインがちょっと残っているようだけど」

「ていうか、誰かと一緒だったんですね。坂本さん？」

突然、呼び出した原因に彼らは興味があるようだ。

黙《だま》っておくことは無理そうなので、ベッドの縁《ふち》に座って事の次第を打ち明けた。

ＳＭクラブの守に待ち伏せされたこと。ホテルでふたりで話したこと。

「……それから、貞操帯のこともバレてしまって……」

「災難《さいなん》だったね。でも、安心しなさい。守くんは仕事柄《しごとがら》、口が固いから」

そもそもの発端《ほったん》は、桑名があのクラブ・ゼルダに皆を連れていったからなのだが。

むしろ、もっと根っこを探れば、『プロの指導を仰《あお》ぎたいな』と坂本がばかげた発案をし、それを桑名に持ちかけたせいだ。

貞操帯の精度を高めたいからと言って、なぜＳＭクラブにまで行かねばならないのか。

思えば思うほど自分が不憫《ふびん》だ。

勧《すす》められるままビールをゆっくり呑む。火照《ほて》った身体に染《し》み渡る美味《うま》さだ。

「なーるほど……あの守さんに迫《せま》られちゃったんですね。さすがは俺たちの課長。プロのひとも唸《うな》るエッチさですよね」

「ばかなことを言ってるんじゃない。だいたいなぜ、私が貞操帯なんか着けなければいけないんだ」

親しんだふたりの前で、ぽろっと本音《ほんね》がこぼれる。

「坂本も坂本だ。新商品の開発のために毎回私をつき合わせて……」

「でも、そんなひとが好きなんですよね。課長も懲《こ》りないなあ。俺か桑名部長のどっちかにしておけば、安心百パーセントで愛してあげられるのに」

なにかと執拗《しつよう》なふたりのうち、どちらを選んでも、それはそれで怖い気がする。

叶野が笑いながら隣《となり》に腰掛ける。

「ちゅっちゅされてません？」

「……は？」

「おっぱい、守さんにちゅっちゅされてませんか？」

「おまえ……っ、どうしていつもそういうことを……！」

野性味《やせいみ》のある叶野の口から飛び出す卑猥《ひわい》な言葉におののくと、もう片側に桑名が腰を下ろす。そして、無遠慮《ぶえんりょ》にバスローブの前をちらっと開けて、のぞき込んできた。

「大丈夫みたいだよ。いつものエッチな乳首だ。嚙《か》み痕《あと》はない」

「桑名部長まで……」

「ねえ、どれだけお預け食らったと思ってるんですか。せっかくホテルにいるんだし、桑名部長もいるんだから、課長を貪《むさぼ》り食べちゃいたいな。いいですよね？」

「よくな……っ……あ……っあ！　ばか……！」

「ああ、下着を穿いてないんだ。それはそうだよね。貞操帯を外してシャワーを浴びたんだから」

「ノーパン課長か……エロいな」

ひとり呟《つぶや》き、叶野が押し倒そうとしてくる。その拍子《ひょうし》にバランスを崩《くず》し、あえなくベッドに組み敷かれた。

「叶野！　こら、待て！」

「待てと言われて待てたら俺じゃありません。あー……久しぶりの課長の匂《にお》いだ……」

すりすりと首筋に鼻先を押し付けてくる叶野が、待ちきれないように顔をずらし、はだけた胸元を食い入るように見つめる。

「課長のスケベおっぱい、いっぱい吸《す》ってあげますね」

「ん、ン、あ、……や、だ……っ待て……っばか……！」

先ほど守を前にしていたときは、なんの反応もしなかった乳首が、叶野の吐息を感じるだけで、ぴくんと震える。

芯が入りそうなのを感じて、細く息を吐き出すのと同時に、叶野が吸い付いてきた。

「あ……っぁ……ん——ぁ……っ……」

ちゅくちゅくと最初から強く吸《す》われ、重たげに揺れる乳頭が、叶野の口内で育てられていく。

先端だけではない、乳暈もべろりと舐め回され、ぐっぐっと胸筋を両手で揉み込まれると、いやでも声が出てしまう。

「あ、っ、あ、あ、ん、っ、ふ……ぅ……っ」

「課長も我慢してたんですよね。貞操帯着けられて、ガチガチ×××から射精できなくて。この間、坂本さんが撮ってくれた動画、最高でしたよ。乳首だけでイける身体になっちゃったなんて、やっぱり課長大好きです。今日はたくさんイかせてあげますから」

ちゅるっと甘やかに吸い上げられて、ぞくぞくしてくる。

叶野の髪を摑んで押し返そうとしたが、絶妙な具合で乳首の根元を噛まれて敵わない。

「ん、大きくなってきた……このふっくらおっぱいを毎日吸わせてくれなきゃ、ストライキ起こしそうですよ」

「それは上司としても困るな。ベランピング企画をしっかり軌道《きどう》に乗せるためにも、叶野くんには頑張ってもらわないとね。ああ、でも、僕もきみに触れたいな」

叶野が熱心に乳首を吸っている間、反応し始めた下肢に桑名が顔を近づけてくる。

「今日の昼間、きみに鍵を渡したときに犯《おか》したくてたまらなかったんだよ。前に会議室でしたときみたいにね」

「えー、部長ずるいですよ。俺をのけものにして、課長のとろとろ××××味わったんですか？」

「か、のう、……もう黙れ……！」

次から次へと出てくる淫語《いんご》が恥ずかしくてたまらない。

確かにガチガチだし、とろとろかもしれないが、いちいち口に出さないでほしい。

「ふふ、叶野くんは若いから。ちゃんと口にしたい年頃なんだよね」

「そういう部長は？」

「僕は……こう、かな」

桑名は下着を穿いていない桐生の性器を握り締め、ぱくりと頬張る。

「あ、ッ……！」

一気に体温が上がる。乳首も肉竿もふたりの男に責められて、がちがちに引き締まっていく。

叶野が乳首のスリットに、れろれろと舌を這わせれば、桑名は肉茎の裏筋をつうっと舐め上げ、陰嚢《いんのう》を片方ずつしゃぶり出す。

その淫らな舌遣いに翻弄《ほんろう》され、桐生はひたすら啜《すす》り泣いた。

ただ、貞操帯を脱ぎたかっただけなのに。

熟れきった果実を眼前にして、涎《よだれ》を垂《た》らす獣《けもの》がふたり。

あますことなくしゃぶられて、蕩《とろ》けきった桐生の窄《すぼ》まりに、桑名の舌がぬくりと挿《はい》り込んでくる。

「んー……っ！　ん、んぁ、っあ、あっ」

ここしばらく誰も受け入れてなかったから、熱い粘膜《ねんまく》による刺激は強烈《きょうれつ》だ。

油断すると勝手に腰が揺れてしまいそうだ。

じゅるっ、ちゅるりと音を立てて、舐め回してくる桑名の舌遣いにこころをかき乱され、力なく足をばたつかせた。大きく開かされた両腿《りょうもも》の奥に、桑名が入り込んでくる。

「このままじゃちょっと舐めにくいな。叶野くん、位置を変えよう」

「了解です。課長、俺にまたがって。そう、上手です。俺の口に向けておっぱいを近づけて」

「ん……っ」

ベッドに横臥《おうが》した叶野にまたがると、うしろから桑名が腰を摑んでくる。上体を深く倒せば再び叶野が尖《とが》りに吸い付き、桑名が窄《すぼ》まりに舌をねじ込んできた。

「ああ、うん、これがいい。桐生くんの敏感《びんかん》な場所が丸見えだ」

「や……やっ……部長……っ……あっ……叶野……！」

くにゅりと挿り込む舌先から、たっぷりと唾液《だえき》が伝わってくる。

とろりとした体液で中を濡らされて思わず背中をしならせると、下にいる叶野が、ちゅぱっと乳首を口から外してしまう。

「あっ、課長ってば、動いちゃだめ。もっと俺に吸わせて。いつかミルクが出ちゃうかも」

「で、ない……っ」

「出ますよ、絶対。あれだけ射精できちゃうんだし、乳首からだってなにか出ちゃうかも。課長のおっぱい。コリコリしててグミみたいですよ。舌でくにくにしてあげるのも俺は好きだけど、課長はどうされるのが好きですか？　甘噛《あまが》みされたい？　いっぱい吸われたい？」

「ん、っん、ど、っちも……っ……」

「いい？」

「……いい……」

あえかな吐息とともに答えると、じゅうっと強めに吸われたあと、じりじりと根元を噛まれる。

前歯で扱《しご》かれるのがたまらなく気持ちいい。

「あ、ん、っ、かの、……う……っ」

「こっちもだいぶ解《ほぐ》れてきたよ。今日は生《なま》で挿れようかな。あとでちゃんと綺麗にしてあげるから」

そう言った桑名が、舌の代わりに指をねじ込んできて、蕩けた媚肉をすりすり擦《こす》る。

長い指がいいところに当たってたまらない。重くしこる場所を上向きに擦られると、無意識に腰を振ってしまう。

守に触られてざわめいた箇所を、彼らに鎮《しず》めてもらいたい。

身体は淫らかもしれないけれど、こころは違う。

それを見抜いたかのように、桑名が中をぐるりとかき回し、充分に火照《ほて》ったところで指を抜き、猛《たけ》りをあてがってくる。

「……挿れるよ」

「あ、――ん、ん、んんーっ……！　おっきい、あ、あ、だめ、ふかい……っ」

ずくりと穿《うが》たれて、思わず叶野に倒れ込んだ。

張《みなぎ》った長い太竿が最初から奥を突いてくる。ぬぐぬぐと挿り込んでくる瞬間がたまらない。浮き出た筋がわかるぐらいだ。

よほど繋がりたかったのだろう。桑名は激しい息遣いで腰を振り、ずんずんと突いてきて桐生を狂わせていく。

「だめ、あっ、あっ、イく、だめ、も、出ちゃう……っ」

「いっぱい出しなさい。僕もきみの中に出してあげる……ほら」

「ああっ……イく……！」

ずんっと最奥を突かれた瞬間、びゅくっと白濁が飛び出した。貞操帯で戒《いまし》められていたぶんだけ、精液は多く、叶野の肌を淫らに濡らしてしまう。

すこし遅れて奥の奥にどっと熱いしぶきが放たれる。

ねっとりと濃い蜜《みつ》は、桑名の愛情そのものだ。達してもなお満足できないかのように桑名は抜き挿《さ》しを繰り返し、柔肉のひくつきを愉《たの》しんでいるようだ。

「あ……っは……ぁ……は……ぁ……っ……う……っ……」

「じゃ、今度は俺ですね」

ずるりと抜け出た桑名に代わって、叶野が背後に回る。

「部長の精液でぐちょぐちょになってるから、めちゃくちゃ気持ちいいかも。俺もギンギンになってるけど、課長、受け入れてくれますか？」

「ん……っ……あ……ばか、……ふとすぎ……っ！」

いくら桑名の精液で濡らされているとはいえ、叶野の凶悪な性器を受け入れると、縁《ふち》がめくれ上がり、いっぱいいっぱいになってしまう。

みちみちに埋められていく感覚に陶然《とうぜん》となりながら、下になった桑名とくちづけ合った。

「ん、ふ、ぅ……っん……」

舌を絡《から》め合い、吸い上げられた。

口内を蠢《うごめ》く舌に気を取られていると、ずくんとうしろから貫《つらぬ》かれて意識が鮮明《せんめい》になる。

桑名とはまた違う感触だ。

太くて、ぎっちり埋め込んでくる。苦しいほどに広げてくる亀頭が、じゅぽじゅぽと出たり挿ったりして、隘路《あいろ》を馴《な》らしていくのがすごくいい。

「うしろばかり気にしたらだめだよ、僕が嫉妬《しっと》してしまう」

くすりと笑う桑名が、桐生の頬を両手で包み込み、ちゅっちゅっと甘くくちづけてきた。

「んっ、あ、あ——う……っ……んんー……っ」

「太いのでズボズボされるの好き?」

「……う、ん……っ」

「好きって言って。言わないと抜いちゃいますよ」

何度も深く息をした。

言えない。とてもそんな破廉恥《はれんち》なことは口にできない。

だけど、言わないと射精できないかもしれない。

みっしりと埋《う》まった竿で導いてほしい。

口を開いたり閉じたりし、桐生は声を嗄《か》らした。

「す、……き、……叶野の、好き……ふといので、ズボズボされるの、すき……っ……」

「上出来」

羞恥心《しゅうちしん》で死にそうだ。

背後で笑う気配がする。息ができないぐらいに突きまくられて、桐生は嬌声《きょうせい》を上げながら、桑名にしがみついた。

尖った先端が、桑名の胸に擦れるのがまたいい。

何度も何度も執拗《しつよう》に貫かれて声を上げ、達する。苦しく締め付けるものはない。最後の一滴《いってき》まで放ったら、今度は全身で絶頂に達する。

びくびくと震えながら極める桐生に、桑名と叶野が示し合わせたように笑った。

「課長のメスイキ最高。中もきゅんきゅんですよ」

「舌も甘くて蕩けそうだ。いいね、このまま朝まで交わろう」

穿《うが》たれ、嬲《なぶ》られ、吸われ、また貫かれる。

もうどこもかしこも満たされているのに、こころのどこかがすうすうしている。

――坂本。

ここにはいない男を想うと胸がちくりと痛む。

「なにかが足りないって顔してるね」

顎《あご》をつまんでくる桑名に慌てて首を横に振ったが、うしろから覆《おお》い被《かぶ》さってくる叶野が、

「欲しいんでしょ、もうひとり」と囁いてきた。

「そんな――こと……」

ない、と言いたかった。だけど、叶野の次のひと言で全身が期待に満ち、小刻《こきざ》みに震える。

「坂本さんに挿れてほしいんでしょ。課長の欲張り。こんなに愛してるのになぁ」

「まったくだ。ふふ、大丈夫。きみの望みはすべて叶《かな》えるよ」

桑名の言うことは、絶対だ。

五章

「綺麗《きれい》な花嫁《はなよめ》さんでしたねぇ。いいなあ結婚式《けっこんしき》。俺も課長と結婚したいな」

「僕もだよ。三人でこっそりどこかで式を挙げようか」

「……ばかですか、もう」

上等のブラックスーツに身を固めた桐生と桑名、叶野の三人は、銀座の高級ホテルのラウンジに足を踏み入れる。

皆、そろって白く大きな紙袋を提げていた。結婚式の引き出物が入っているのだ。

「よう、お疲れさま」

バーラウンジのソファに座り、先に一杯《いっぱい》やっているのは普段着の坂本だ。Vネックのニットにチノパン、それにこの間アウトレットで買ったコートを着てきたようだ。

会社の部下の結婚式に呼ばれた桐生たちは朝早くから列席し、華やかな披露宴《ひろうえん》も味わったところだった。

その帰りに待ち合わせるため、坂本には少し前にラウンジに来るよう伝えておいた。

「どうだった、式は」

「もうめちゃめちゃ綺麗で可愛い花嫁さんでしたよ。花婿《はなむこ》さんもやさしそうなひとでよかったなあ。俺、ご両親への手紙のところで、もらい泣きしちゃいました」

「感激屋さんだな、叶野くんは」

皆ソファに腰を下ろしたものの、坂本がカクテルを呑み終わるのを待つだけだ。

これから大事な話がある。

しかし、このホテルに投宿するのはためらわれた。

部下の新婚夫婦はもちろんのこと、親類縁者も多く泊まっているだろうから、少し離れたところにある、これまた高級ホテルの一室を押さえている。

「引き出物、なんだ？」

「バームクーヘンかな？　あと、カタログ」

桑名が四角い紙袋をのぞく。

「ここに大人の玩具《おもちゃ》が入れられたらなあ……おもしろいと思わないか」

「思わない」

「思います」

「思う思う」

桐生以外の二名が賛成し、どうにも分が悪い。

「新婚さんにも楽しんでもらえるだろうし、年季の入ったカップルや、おひとりさんでも楽しめるアダルトグッズが入った引き出物袋、いいよな。夢がある」

「おまえはやっぱりばかだな」

一蹴《いっしゅう》し、革ケースに挟《はさ》まれた伝票《でんぴょう》を取り上げる。

「長居するのも申し訳ない。行きましょう」

「そうしよう」

一同そろってタクシーに乗り、ワンメーターを少し超えたところに建つホテルへと入る。部屋を押さえたのは桑名だ。ハイセンスでリッチな彼らしく、スイートルームを予約したらしい。

「四人で入るとなると、普通の部屋じゃ狭《せま》いしね」

「確かに」

叶野が機嫌よく頷《うなず》き、坂本は相変わらずひょうひょうとしている。

桐生ひとりが緊張していた。

自分を含《ふく》め、この四人で密室に籠もったら、することはただひとつしかない。

しかし、そう簡単に組み敷かれるわけにはいかない。

ネクタイの結び目をゆるめながら、部屋の中を見て回ることにした。

広々としたリビングには、六名以上が座れるソファセットと大型液晶テレビがあり、扉の向こうは会議ができるような長机と椅子がある。

キッチンとダイニングルーム、バスルーム。シャワーブースはふたつ、トイレもふたつ。優雅なヨーロピアンテイストでまとめられた調度品は品があり、桑名が好みそうな内装だ。

「これだけ広かったら、ここにみんなで住めそうですよね」

「会議室があるから仕事もできそうだ」

「キッチンも広いな。料理だったら俺が担当するぞ」

坂本がボストンバッグをどさりとソファに放り、ゆったりと腰掛ける。

「ベッドルームを見なくてもいいのか、桐生」

「いまはいい」

そこでなにをするのか、あからさまに想像するのはまだ避《さ》けたい。

めいめいにソファに腰掛け、ジャケットの前をくつろげる。

「なにか呑むかい？」

「……水で」

「いまはまだ酔えませんもんね」

披露宴の間もソフトドリンクで通した。

叶野が立ち上がり、キッチンの冷蔵庫からミネラルウォーターのペットボトルを四本持ってきて、各自の前に置く。

「引き出物、ほんとうにバームクーヘンかな。だったら、ちょっと食べたいんだけど」

桑名が紙袋から箱を取り出し、蓋《ふた》を開ける。

名店のどっしりとしたバームクーヘンが詰められており、「美味そうだね。食べようか」ということになった。

「ナイフ、取ってきますね。あとお皿も」

叶野がまたも席を立ち、ナイフと四枚の皿を持ってきた。

不埒《ふらち》な仲にありながらも、彼のフットワークの軽さは認めている。

この中で一番歳下というのもあるだろうが、もともと仕事の飲み込みも早いし、サービス精神も旺盛《おうせい》だ。

酒の場に彼がいるのといないのとでは大違いであることを、桐生はよく知っている。

そのサービス精神は、ベッドの上でもこよなく発揮《はっき》されるのだが。

バームクーヘンを丁寧に切り分け、叶野が渡してくれた。

「……いただきます」

「ん、んま」

坂本は早速《さっそく》、頰張っている。ナイフとフォークを使わず、ちょっと行儀悪く手摑みだ。

桐生もバームクーヘンをつまんで咀嚼《そしゃく》する。

「美味しいですね」

「ここのバームクーヘンは有名なんだよ、ってきみの部下に教えたんだ」

桑名もぱくつき、親指をぺろりと舐めながら桐生を見る。ちらりとのぞく赤い舌がやけに扇《せん》情的《じょうてき》だ。

射竦められた桐生はどきりとし、視線をさまよわせる。

「まあ、くつろげ。桐生、風呂に入るか。準備するぞ」

「ああ、うん……スーツ脱ぎたいし」

「俺も」

「僕も」

「じゃ、みんなで入ってこいよ」

「え？」

すかさず立ち上がった坂本が、さっさとバスルームに向かう。遠くから湯の出る音と、「おー、広いぞここ。全員で入れそうだ」と呑気《のんき》な声が響《ひび》いてきた。

「広いんだって。みんなで入りましょ」

「そうしよう、ね。桐生くん」

「い、いえ、私はひとりで」

「遠慮《えんりょ》しないで」

遠慮なんかしてない。

ほんとうにひとりで入りたいのだが、両脇《りょうわき》から叶野と桑名にがっちり腕を摑まれ、振り払えない。

サニタリールームは煌々《こうこう》と灯《あか》りが点《つ》き、洗面台の鏡は円形。周囲にぐるりとライトが埋め込まれていて、まるで女優ライトだ。

両側から手が伸びてきて、ネクタイを解き、シャツのボタンを外し、スラックスを下ろしていく。

最後の一枚となったところで、桐生はなんとかふたりを振り払った。

「自分でできます」

「ほんとうに？」

「じゃ、先に入って待ってますね。わ、ジャグジー風呂だ」

ぱぱっと景気よく衣服を脱いでいく叶野に苦笑した桑名が、頬にちゅっとくちづけてくる。

「叶野くんは元気だよね、ほんと。下着、自分で脱げる？」

「脱げます」

「ほんとうかな？　恥ずかしくなって逃げたりしない？」

「……ここまで来ておいて逃げません」

そうは言ったものの、できることならいますぐ服を着直して、脱兎《だっと》のごとく逃げ出したい。

これから始まることが想像できるから。

桑名がしゅるりとネクタイを抜き、引き締まった裸体《らたい》を晒す。同じ男でも見とれてしまう。

「早くおいで」

もたもたと下着を脱いで、申し訳程度にタオルで前を隠してバスルームへと入る。

楕円形《だえんけい》の風呂は確かに大きかった。大の大人が四人入ってもまだ余裕があるのではないだろうか。

ぶくぶくと泡が湧き出している風呂に、叶野が肩まで浸かり、気持ちよさそうに足を伸ばしている。

「はー……気持ちいい。課長もどうぞ」

「うん……」

シャワーでさっと身体を洗い流し、バスタブに足を浸《つ》ける。

次々浮き立つ泡《あわ》がくすぐったくて気持ちよくて、知らず知らずのうちに微笑んでいた。

「ああ……気持ちいいな」

「ですよね」

「じゃあ僕も」

隣に桑名が入ってくる。そうして両腕をバスタブに沿わせ、「うん、いいな」と呟《つぶや》く。

「式もよかったけど、結構、気を遣うよね。こうしてのんびり風呂に浸かれるのは、ほんとうに気持ちいい」

しばし三人、泡風呂を楽しんだ。

足の爪先《つまさき》まで温まった頃、するりと内腿に手が入り込んできて身体がびくんと震えた。

どっちの手だ。

泡のせいでよくわからない。

慌てて右と左を見るが、桑名も叶野も澄《す》ました顔をしている。

ぬぐぬぐと入り込んでくる手に肉茎を捕らえられ、あ、と声が漏れ出た。

「あ……っや、だ……」

「え、どうしたんです？　課長」

「なにかあった？」

ふたりとも素知《そし》らぬ顔をしている。なのに沸《わ》き立つ湯の中ではいたずらが続く。

ゆっくりと肉竿を扱き、亀頭の割れ目をくにくにとくすぐってくる。

「や、め……っあぁ……っ……！」

「だめだなあ課長、エッチな声出しちゃって。もしかして自分で弄《いじ》って気持ちよくなっちゃってるんですか？」

「ち、が……っ」

「じゃ、どうしてだろう。僕らはなにもしてないのに」

ふたりして空《あ》いているほうの手を挙げる。

そうじゃない。そっちの手じゃない。

肉茎を扱かれながら、今度は乳首をこりこりとねじられる。

「あ——……！」

そこはだめだ。一番感じてしまうところだ。

ぷるんと揺れる肉芽の先端を、ねっちりと揉み込まれて声が詰まる。

叶野か、桑名か。

「こら……っもう……！」

きゅ、と乳首をねじられて嬌声を上げそうになり、思わずざばりと湯から出た。

「さ、先に出る！」

「えー」

「もう？」

これ以上入っていたら絶対のぼせる。急いで熱いシャワーをざっと浴びてサニタリールームに出ると、坂本が待ち構えていた。

「待ってたぜ、桐生」

「坂本……」

「とにかく身体拭け」

放られたバスタオルで全身を拭い、ほっと息をついたところで両肩を強く掴まれた。

「坂本？」

「こいつの出番だ」

ぴらっと目の前に黒革の貞操帯を広げられて、思わずあとじさったが、素早く背後に回った坂本に洗面台に押し付けられた。

「おとなしく穿け。いい子だから」

「ばかばっかり言うな、もう……！」

半勃《はんだ》ちしている性器を両手で隠したものの、尻をやわやわと揉まれて怒る気も失せてしまう。

「ほら、右足上げて。今度は左足」

「くそ、覚えてろよ、おまえ……！」

「いいのか、そんなこと言って。おまえが欲しいものは俺が握ってるんだぞ」

意味深に耳元で笑う坂本がぴっちりと革のショーツを穿かせてきて、前で鍵をかしゃりとかける。

それから、赤いリボンのついたちいさな鍵を目の前にちらつかせてきた。

「イきたいときは素直にそう言え。あいつらがたっぷりイかせてくれる」

「そういうおまえは……！」

おまえはどうなんだという言葉を、すんでで呑み込んだ。

坂本は一度だってこの身体に挿ってこない。

――欲しいものを欲しいって言えない自分がいやだ。

だけど、みっともなくすがるのはもっといやだ。

ジッパーの縫い目を指で辿《たど》っている坂本が、くくっと笑う。

「透《す》けて見えてるぞ、おまえの本音」

「なに言って……」

「あー、ふたりしていい感じになっちゃって。抜《ぬ》け駆《が》け禁止」

「そうだよ。本番はベッドルームでね」

湯上がりの叶野たちがバスローブを羽織り、べたべたと桐生に触れながらベッドルームへといざなう。

両開きの扉を開ければ、キングサイズのベッドが堂々と設《しつら》えられていた。

ベッドの縁にやさしく腰掛けさせられたかと思えば、前にひざまずいた叶野が、がばっと両膝を左右に割る。

「ちょ、かの……！」

「ああ、やっぱり貞操帯穿かされちゃったんですね。エッロ……課長の綺麗な肌に食い込んでる革に嫉妬しちゃいそう。ぺろぺろしたいのに」

「じゃ、先に胸をいたぶってあげよう」

「そうですね」

「んん……！」

ベッドに引き倒されて、両側からバスローブをはだけられたかと思ったら、ちゅうっと胸に吸い付かれた。

「あ……っあ、んっや、いきなり……っそんな、吸ったら……っ」

「んー、美味しいおっぱいいただいちゃいます。こんなにぽってりふくらんで……絆創膏《ばんそうこう》貼らないと、ワイシャツに擦れて痛いんじゃないですか？」

くちゅくちゅと尖りを噛み転がす叶野が、脇腹《わきばら》をツツと爪先で引《ひ》っ掻《か》く。

「舐めて噛んで齧《かじ》ってばかりだからね。たまには桐生くんの乳首をいたわってあげないといけないかな」

ちゅるっと乳首を吸い上げた桑名が、ちらっと坂本に目配せを送る。

ベッドの端で腰に手を当てて、ふんぞり返っていた坂本が、足元に置いていたボストンバッグを開け、ボトルと布のようなものを取り出し、桑名に渡す。

「なに、それ……」

「ガーゼとローション。おまえの可愛い淫乱乳首をたまには手入れしないとな」

「ん……あ……」

桑名がローションボトルを傾け、とろりとした液体でガーゼを浸《ひた》す。ひたひたに濡れたガーゼをちいさく折《お》り畳《たた》み、乳首に押し当ててきた。

「あ……！」

肌をいたわる成分の他に軽く刺激剤《しげきざい》も混ぜ込んであるらしい。乳首がジンジンと疼く。

「ふふ、ガーゼを当ててても、きみの乳首はぷっくり押し上げてくるんだね。いやらしいな。どう、気持ちいい？」

「ん、んっ……ぴりぴり、します……」

「はは、もっと大きくなっちゃうかもしれませんね。そのほうが吸い甲斐《がい》があっていいな。課長のむっちりおっぱい、記念に撮っておきません？」

「いいね。そうしよう。貞操帯も一緒に。坂本くん、お願いできるかな」

「了解。ほら、鍵」

　スマートフォンを構えた坂本の前で、叶野がうしろに回り、両の真っ赤な乳首を親指とひと差し指で括《くび》りだして見せつける。

「ん、っ、あ、や、やめ……っあぁ……っ」

　膝を割った桑名が貞操帯の錠前を開け、ジリッとジッパーを下ろして亀頭をはみ出させ、くびれを指で締め付けたところで、カシャリとシャッター音が響《ひび》く。

「あ……う……っう……ん……っ」

「最高の淫乱だな、桐生」

「おまえ……っ」

「顔にぶっかけてやろうか」

冷静な顔をしていながら、坂本も興奮しているようだ。

「あっ、あ……っ……やぁ……っ吸っちゃ……や……っ」

ちゅ、ちゅ、と亀頭を吸う桑名の口の中で肉竿が育っていく。ジッパーが食い込んで痛い。

「おろし、て……これ……っはずして……くれ……っ！」

「だめだ、まだもうすこし我慢しろ。射精管理ができないと今回の商品化は無理だ。おまえの身体でテストさせろ」

「だったら……っ！　だったら、おまえが……！」

「俺が？」

切り込むような目つきを受けてぐっと顎を引いた。

「俺の身体を知らないくせに……大きな口ばっかり叩いて」

「俺以上におまえを知ってる奴はいないぞ。……だが、煽《あお》られっぱなしなのは性に合わないな」

肩を竦《すく》め、スラックスの前をくつろげる坂本は、大きな雄を取り出し、軽く扱く。

その間も乳首は叶野に吸われっぱなしで、どろりと熱が渦巻《うずま》く下肢は、桑名の手によって散々に揉み込まれていた。

「……ん、ん、イきたい……っ」

「このままイきなさい。もうメスイキできるだろう？」

「ん……っ！」

じゅるっと強めに肉芽を吸われ、陰嚢をくっと親指で押された途端、頭の中で火花が散る。

びぃんと身体をしならせ、強烈な絶頂感に声を上げた。

「アッ、イく、いく、あッ――は……ッぁ……っん……っん、ンぅ……っ」

じゅわあっと蜜が脳内に蕩け出す。

真っ白な愉悦《ゆえつ》に呑み込まれ、声が嗄《か》れる。射精できないのに、身体中が甘く痺れ、ジンジンする。

気持ちいい、すごく。

意識が薄れ、このまま気を失ってしまいそうだ。がくがくと身体が震え、誰かに抱き締めてもらっていないと落ち着かない。

「そろそろ挿れたいなあ……坂本さん、いいですか？」

「ま、いいだろ。いまのメスイキ、録画できたからな」

いつの間にかスマートフォンで録画を始めていたらしい。坂本は三脚を用意し、スマートフォンを設置して角度を確かめている。

「一番乗りは俺でいいですか、部長。もう爆発しそうで」

「きみはいつもそうだろう。しょうがないな。この前オフィスで桐生くんを襲《おそ》っちゃったのは僕だし、今夜はきみが先でいいよ」

「課長、いま太いのあげるから待ってて」

バスローブをはだけ、臍《へそ》につくほど反《そ》り返《かえ》る極太の肉竿を、両手で扱く叶野が不敵に笑う。

先ほどのローションを手のひらにまぶし、桐生の貞操帯のジッパーを尻の上まで開く。

「ショーツを穿いたまま犯すのって、なんか背徳的《はいとくてき》」

くすりと笑う叶野がローションで濡れた指で、四つん這いになった桐生の窄まりを慎重《しんちょう》に探ってくる。

愛撫でとうにやわらかく解けていたそこは、たやすく叶野の太い指を呑み込む。

ずくんと挿し込まれ、ずるりと引き抜かれるたびに嬌声を上げ、腰をよじった。

これ以上太いもので貫かれたら狂ってしまう。

「挿れますね、課長」

「や……っぁ……ふとい……っあ、あ、あ!」

尻たぶを両側に開いた叶野が、ぐぐっと抉《えぐ》り込んでくる。

太竿に挿《さ》し貫かれる衝撃《しょうげき》にのけ反りながら、痛いほどにしなった性器の先端がひくひくしている。それをいたずらっぽくつつく桑名が、「しゃぶりたいなあ……」と呟く。

「叶野くんばかり桐生くんを味わうなんてずるいよ。僕にも分けてくれ」

「ん、……っじゃ、こう、しましょうか」

叶野が寝そべり、桐生の腰を摑んで下からずっずっと突き上げる。両手を叶野に捕らえられた桐生は、無防備に全身を晒していた。

黒革のショーツを穿いたまま、そそり勃ち、揺れる肉竿を桑名が掴み、ちゅうっとしゃぶりつく。

「あーっ、あ、っん、や、や、しゃぶらない、で……っ出ちゃ……出る……っ」

「出していいよ、いっぱい出しなさい」

「あうっ！」

重たくしこる陰嚢をまさぐられながら、肉茎をぐちゅぐちゅと舐めしゃぶられればひとたまりもない。

「あぁっ、またイく……っ！　出ちゃう……っ」

びゅるっと鋭く飛び出す白濁を桑名が受け止め、ごくりと飲み干す。どんなに放っても飢《う》えていて、おかしくなりそうだ。

体内を埋め尽くす太竿に、媚肉を擦られるのもいい。

リズムをつけて突き上げられ、臓腑《ぞうふ》までかき回されるような感覚に陥《おちい》る。腹の底がたまらなく熱い。

坂本はというと、いきり勃った己《おのれ》ものをゆったりと扱きながら、桐生の顔に焦点《しょうてん》を定めていた。

ほんとうに顔射するつもりらしい。

でも、——でも、今夜は。

「桐生、どうだ貞操帯は。おまえの射精が長持ちして、前よりもっと気持ちよくなっただろ」

「勝手なこと、ばかり……」

「これからは毎日着けろ。いまのがバージョン7だ。8まで性能を上げたら商品化する」

「それ、まで……俺の身体で試す……つもり、なのか」

「そうだ。なんか文句あるか？」

……欲しい。

そう思っても口にはできない。そのことを見透かしたかのように、ずんっときつく叶野が突き上げてくる。

「あぁ……っ！」

「坂本さんにも挿れてほしいんでしょ。坂本さん、もったいつけないで一度ぐらい味わってみたら？　課長は最高の××××ですよ」

「卑猥な奴に言われるとそそられるな」

「くっそ、課長の中きゅうきゅう締まる……イきそ。課長、中に出してあげますね」

「ん、んっ、んー っ……！」

ごしゅごしゅと激しく擦られたかと思うと、どくりと最奥に熱いものが放たれた。

「あ……んぁ……あ……」

媚肉のひくつきを愉しむかのように、抜き挿しを繰り返す叶野の形にくり抜かれてしまいそうだ。

「坂本くんの前に僕も味わいたいな。叶野くん、そのまま挿れてて」

桑名の手によって身体を返され、桐生はふらつきながら正面から叶野に抱きつく。

まだ繋がっている腰を持ち上げられるや否や、親指を縁に引っかけてめくり上げられ、ぐうっと長大なものがねじ込まれる。

「ん、く……！」

ずりゅっ、ぐりゅっ、と二本の雄が中で擦れ合う。ぎちぎちに広げられて狂おしい。

何度も極みに達しながら、叶野と、そして桑名と何度も舌を絡め合わせた。

乳首だって放っておかれない。ふたりの男がそれぞれ肉芽をひねってくるものだから、突かれるたびに、ツキツキと鋭い快感がこみ上げてきてせつなくなる。

これ以上の快感はない。ないはずだ。

「いいね……前よりだいぶ桐生くんの身体はやわらかくなったみたいだ。中も、外も」

「ですよね。俺たちふたりを咥《くわ》え込んでよがってる課長の中、ぐちゅぐちゅしてる。坂本さん、ちゃんとハメ撮りできてます？」

「できてる。ふたりの男をずっぽり咥え込んでるところ、ちゃんと映ってるぞ」

「課長、もっと俺に倒れて。乳首舐めたい」

「あっ、あっ」

腫《は》れぼったい乳首を口に含まれながら、二本の雄に突かれる悦《よろこ》びは、とても言葉にならない。

中で重なり合い、太さと長さを競《きそ》い合うような男たちと、互に舌を絡め、陶然《とうぜん》となった。

「ああ、……僕もイきそうだ。出すよ」

「部長……っかの、……っ」

「く……搾《しぼ》り取られる……っ」

どぷりと撃《う》ち込まれ、もう何度目になるかわからない絶頂に押し上げられた。

達してもなお、乳首をねちねちいたぶる手は止まらない。

腰を引いた叶野と桑名が脱力する桐生を組み伏《ふ》せ、両脇から乳首を吸い上げてくる。

真正面に坂本が膝立ちをしていた。

「アドバイスどおり、一度ぐらい味見をしとくか」

「坂本……」

胸が苦しいぐらいに熱くなる。

やっと、やっと坂本とひとつになれるのだ。

そのまま挿ってくるのかと思いきや、坂本はご丁寧にもゴムを着けている。

「おまえにこれ以上負担をかけたくないからな」

「う……」

「あ、もしかして生《なま》がいいとか思ってます？　課長」

「坂本くんに生で挿れてほしいのかな。だったらそうおねだりしてごらん。きみに請《こ》われたら、さしもの坂本くんだって聞き入れてくれるだろう」

「どうする、桐生？」

根元までゴムを嵌《は》めた坂本が、極太で長い男根を窄まりにあてがってくる。

――言いたい。でも、そんなこと言えない。

「生でしてほしい」なんてはしたないことを言えていたら、坂本との関係ももっと早く進展していただろう。

激しく首を横に振る。「強情だな」と三人分の笑い声が響いた。

「桐生。力抜け」

「さか、もと……っあ――あ……あっあっあっ……！」

ぐうっと抉り込んでくる熱塊に涙が滲《にじ》んだ。

これが欲しかった。

エラが大きく張り出していて、縁をいやらしくめくれさせる。

「きついな……おまえ、もう何度も達してるのに」

「そこが課長の最大の美点ですよね。俺はおっぱい吸おう」

「僕も」

がら空きになった胸に、叶野と桑名が吸い付いてくる。

下肢はどろどろに蕩け、いやでも坂本を誘い込んでしまう。

すべてを押し込むかのように、桐生の両手首を摑んで頭上に掲げさせた坂本は、逞《たくま》しく腰を振るい、最奥を抉ってくる。そこは桑名も叶野も届かない場所だ。

「は——あ……っあ……っ——あ……くる、し……」

「苦しいだけじゃないだろ？　よくてよくてたまらないだろ？　……おまえの中が蕩けてる。いいな。最高の味見だ」

じゅぽじゅぽと貫かれて喘《あえ》ぎ、無意識に両腿を坂本の腰に絡み付け、すりっと撫で上げる。そうすると、内側で感じる熱がより一層《いっそう》強く、大きくなる。

「……さかもと……っおお、きい……っ」

「だろ？　誰かに突っ込んだのは久しぶりだ。止まんねえな……」

がつがつと腰を打ち付けられ、淫らな泉《いずみ》があふれ出しそうだ。

右と左の乳首を叶野と桑名が吸い上げ、ちゅくりと食《は》む。

それだけではまだ足りないらしい。

「手でイかせてもらいたいな」

「俺は口で」

「ん、んっ」

顔を横向きにされたかと思うと、叶野の太竿を咥え込まされた。舌の上で亀頭の丸みを感じる。

空《あ》いていた手で桑名の肉竿を握らされた。

「僕の感じるところは、きみが一番よく知っているはずだよ」

「んっ、ふ、っぁ……あっ、んっ」

ぐちゅぐちゅと口の中で肉棒を感じながら、桑名の肉茎を扱く。

つたない手つきだが、桑名が前髪をかき上げながら腰をゆったりと振る。

叶野もそうだ。ぬぽっと引き出したかと思ったら、ずんっと突き入れてきて、桐生の口内を存分に味わっている。

「あっ、ん、んふ、っう、う、っうー……っ」

「そんな締め付けるな。……そろそろイくぞ」

「ん、っん！」

坂本が大きく腰を遣ってきた。揺さぶられながら奥のほうで彼を締め付け、ゴム越しの肉棒を感じ取ろうとしていた。

薄いゴム越しでも坂本のそれは大きく、太い。最奥まで突いてくれて苦しいぐらいに気持ちいい。

「い……いい……あっ、あっ……も、だめ、だ……イく……っ」

「僕もだ」

「俺も」

「んん、あ、あぁ……イっちゃ…っ！」

きゅうっと爪先を丸めれば、そこから毒《どく》のような深い快感が身体中に染み渡り、桐生を高みへと押し上げる。

同時に顔に、口内に——そして最奥にどっと蜜がぶちまけられた。

「は……ぁ……っあ……っあ……っ」

どこもかしこも熱い。

快楽の余韻《よいん》が抜けずに弛緩《しかん》する桐生に、桑名と叶野が代わる代わるくちづけてきた。

「最高だったよ。きみが大好きだ」

「課長は俺だけの恋人」

甘いキスを繰り返すふたりの言葉を受け止めていると、まだ繋がっている坂本が不敵に笑いかけてきた。

「ゴム着けたのが、もったいないぐらいだったな」

「坂本……」

「よかったぜ。俺が育てた身体だもんな」

ゆるく抜き挿しし、余韻に浸る坂本も、髪をやさしく撫でてくれる桑名も、頬擦《ほおず》りしてくる叶野も愛《いと》おしい。

三人が三人とも異なる魅力を持っているからこそ、惹《ひ》かれる。

どこまでもついていきたいと思うのだ。

「さて、僕はもう一度、桐生くんを味わおうかな」

「俺も俺も」

元気なふたりだ。坂本は、というと、軽くウインクして、まだ雄々《おお》しいもので最奥をズクンと突いてくる。

「みんながおまえにハマる気持ち、わかるぜ」

「坂本……」

これ以上ない言葉に桐生は微笑し、汗ばんだ身体を彼らにゆだねた。

愛し合う時間はまだたっぷりとある。

終章

――すうすうする。

「こら、じっとしてろ。手がすべったら危ないだろ」

「だ、って」

「だってもなにもない。もうすぐ終わるからおとなしくしてろ」

自宅のバスタブの縁に座る桐生は身を捩《よじ》るが、大きくは動けない。

足元にかしずいた坂本が、Ｔ字剃刀《かみそり》を持って慎重に下生《したば》えを剃《そ》り落としているからだ。

「貞操帯を着ける際、やっぱり陰毛は邪魔だよな。最初から剃っておけばよかった」

「……こんなんじゃ温泉にも銭湯にも行けない」

「桑名か叶野と行けばいいだろ？　大丈夫だ。すべすべになったら、もっと感度上がるぞ」

ほんとうにばかなことばかり言う男だ。

これが朝六時にすることか。

寝起きを襲われ、ぼうっとしているところをバスルームに連れ込まれ、パジャマのズボンを下着ごとずり下ろされたかと思ったら、シェービングクリームを下肢に塗《ぬ》りたくられ、薄いくさむらを剃刀で丁寧に剃られたというわけだった。

「……よし、できあがり。いいな。子どもみたいだ」

ふふっと笑う坂本が、力の入らないそこにふうっと息を吹きかけただけで、ぴくんと反応してしまう。

「貞操帯の最終バージョンを穿いて今日も仕事、元気に頑張ってこいよ」

「勝手なことばかり……」

桐生の下肢を温かいシャワーで洗い流し、タオルで包み込む坂本を睨《にら》む。

「そういや、クラブ・ゼルダの守がこの貞操帯を欲しがっててさ。プレイに使いたいんだと。特別に卸《おろ》すことにした」

SMクラブで夜な夜なM男をいたぶる守も、この貞操帯の虜《とりこ》なのか。

好き者は結構多いものなんだなと嘆息《たんそく》し、言われたとおり坂本に貞操帯を穿かされた。

かしゃりと今日も鍵がかかる。

「合鍵は叶野と桑名が持ってる。たまらなくなったら、どっちかにすがれよ」

「いっぺん死ね、おまえは」

憎《にく》まれ口を叩き、風邪《かぜ》を引かないうちに自室に戻って服を着てしまうことにした。

年末最後の出勤日だ。

今日は大きな仕事はなく、デスク周りの清掃がメインだ。

ベランピング企画も無事に軌道《きどう》に乗り、この冬、各家庭で楽しめるようなアイデアとアイテムを集めたサイトを、大手不動産会社と共同して作り上げた。

アクセス数も上々で、アイテムも日々飛ぶように売れている。

これからしばし、年末年始の休暇《きゅうか》が始まる。

サイトを見たひとびとは、正月に自宅のベランダで初日の出を拝《おが》みながら、キャンプ気分を味わってくれるだろうか。雑煮《ぞうに》も屋外で食べると思いのほか美味しいかもしれない。

そういう桐生も、桑名宅に叶野、坂本とともに招《まね》かれていた。

大晦日《おおみそか》から元日にかけて、すき焼きを一緒に食べようと誘《さそ》われたのだ。

テレビで流れる歌番組を横目で見ながら、すき焼きをつつき、ビールを呑む。

完璧な年末風景にわずかに顔をほころばせ、食卓に着くと、バターが溶けたトーストに目玉焼き、サラダにコーンスープが出される。

「いただきます」

手を合わせ、食べ始める。

あんなことになっても、坂本は相変わらず家のことはばっちりこなし、隙《すき》あらばパチスロに行っているみたいだ。年末の競馬には負けたと笑っていた。

まったく、どこまで行っても懲《こ》りない男だ。自分も彼も。

そんな男でも、いつか――いつか。

正面でコーヒーを飲んでいる坂本をじっと見つめると、おもしろそうな笑みが返ってくる。

「貞操帯が商品化してヒット作になったら、お祝《いわ》いだな。そんときゃ俺も浮かれてゴムなしでやるかも」

「……っ、誰もそんなこと聞いてない！」

「期待してたくせに」

「してない」

「してた」

「してない」

これ以上言い合ってたら、またろくでもない展開になりそうなので、手早く料理を食べ終え、ジャケットとコートを羽織って鞄《かばん》を持つ。

「じゃあ行ってくる。昼過ぎには戻るから。……なにニヤニヤしてるんだ」

「べつに、なにも。気をつけて行ってこい」

送り出してくれる坂本に、首をひねりながら外に出ると、思わず首を竦《すく》めたくなる寒風が吹きつけてくる。

でも大丈夫だ。昨年、大奮発《だいふんぱつ》したコートが暖かいし、カシミアのマフラーも巻いている。革の手袋も。

仕事納めに向かうサラリーマンとしては、パーフェクトな装いだ。

オフィスには早めに行くことにした。誰もいないフロアでデスクを片付け、さくさく切り上げよう。

自宅の大掃除は坂本が担当してくれるが、自室ぐらい自分で片付けたい。

途中、カフェでホットコーヒーを買い求め、オフィスビルに入る。

「おはよう、桐生くん」

「おはようございます、課長」

「部長、叶野まで……」

自分よりも先に出勤していた彼らも、デスク清掃に勤《いそ》しんでいたようだ。シャツの袖《そで》を肘《ひじ》までまくり上げ、ネクタイは胸ポケットに突っ込んでいる。

「早いんだな」

「せっかくの仕事納めですしね。ちゃちゃっとやって、あとはのんびりしようかなと」

「僕も同じだよ」

「そうなんですね。私も一緒です」

自席に鞄とコーヒーを置き、コートを脱ごうとすると、ふたりが足早に近づいてきて桐生に抱きつく。

「……部長、叶野？」

「課長のあそこ、すべすべなんですよね？」

「さっき、坂本くんから写真が送られてきたよ。ぜひこの目で確かめたい」

さあっと血の気が引いた。

寝ぼけながら剃られたから、写真を撮られていたなんて気づかなかった。

坂本のニヤニヤ顔の意味がやっとわかった。

——あいつは、まったくなにをしでかしてくれるんだ。

胸中で罵倒《ばとう》するが、胸や下肢をまさぐってくる手から逃《のが》れる術《すべ》はない。

「見せてください、課長のココ」

叶野が横から抱きついてきて、下肢に手をすべらせてくる。

もう片側を桑名が占め、「今日も」と囁《ささや》く。

「貞操帯を着けてるんだよね。合鍵は僕らが持っている。きみは僕と叶野くん、どちらにお願いするのかな?」

楽しげな声が耳朶《じだ》に染み込み、ぶるりと背筋が震える。

不安と、期待と、まだ知らぬ幾多《いくた》の快感によって。

今日もまた。

年末を前に、愛の奉仕が待っている。

あとがき

こんにちは、または初めまして、秀《しゅう》香穂里《かおり》です。

『発育乳首《はついくちくび》』が帰ってきました！　今回は射精調教も頑張る四人です。でも相変わらず乳首大好きなメンバーです（笑）。どこを開いても「乳首」「尖り」「先端」とあるので、じっくり楽しんでくださいね。

挿絵は、再び奈良千春《ならちはる》先生にお願いすることができました。お忙しい中、ご尽力くださったことに深く感謝しております。今回もまた色っぽい場面が盛りだくさんです……！　表紙からドキドキさせてくれますよね。書き手としてもとても楽しみにしている一冊です。ほんとうにありがとうございました。

担当様。いつもギリギリ進行ですが、最後まで見守ってくださってありがとうございます！

そして、この本を手に取ってくださった方へ。『発育乳首』ってタイトル、天才では？　と我ながら思うのですがいかがでしょう（笑）。タイトルからバーンと「乳首」と書いているので、思う存分はっちゃけることができて楽しかったです。

ご感想、よかったら編集部宛にぜひお聞かせくださいね。

それでは、また次の本で元気にお会いできますように。

秀　香穂里

Twitter : kaori_shu

Lovers Label

発育乳首～白蜜管理～

ラヴァーズ文庫をお買い上げいただき
ありがとうございます。
この作品を読んでのご意見・ご感想を
お聞かせください。
あて先は下記の通りです。

〒102－0075
東京都千代田区三番町8-1
三番町東急ビル6F
(株)竹書房　ラヴァーズ文庫編集部
秀 香穂里先生係
奈良千春先生係

2022年2月7日
初版第1刷発行

●著　者
秀 香穂里 ©KAORI SHU
●イラスト
奈良千春 ©CHIHARU NARA

●発行者　後藤明信
●発行所　株式会社　竹書房
〒102－0075
東京都千代田区三番町8-1 三番町東急ビル6F
代表 email： info@takeshobo.co.jp
編集部 email： lovers-b@takeshobo.co.jp
●ホームページ
http://bl.takeshobo.co.jp/

●印刷所　中央精版印刷株式会社

ラヴァーズ文庫
Lovers Label
発育乳首
HATSUIKU CHIKUBI
保存中
著 秀《しゅう》香《か》穂《お》里《り》
画 奈《な》良《ら》千《ち》春《はる》
課長の乳首、誰に開発されたんですか？
禁欲的で冷たい容姿を持つ、桐生義晶《きりゅうよしあき》は、
決して知られてはいけない秘密を隠している。
毎晩、居候の坂本《さかもと》に乳首を嬲られ、
大きく育っているのだ。
その秘密が、会社の上司と部下に
ばれてしまった——。
「俺たちも君が欲しかったのに、妬けるな」
毎晩の情事のせいで、自慰経験もろくにない桐生が、
乳首だけを念入りに開発されている
秘密を知った男たちは…。
絡み合う恋の駆け引き、
大人の秘め事。
好評発売中!!

ラヴァーズ文庫
Lovers Label
ダークフェイス
~閉《と》じ込《こ》められた素《す》顔《がお》~
上
dark face
『俺』に関わるな。
これ以上は、
あなたを守りきれない……。
「今さら後悔しても遅い。これは忠告を無視した当然の罰だ――」。
新聞記者の貴志誠一《きしせいいち》は、ある殺人事件の記事に疑問を覚える。
閑職に追いやられ、暇を持て余していた貴志は、その秘密を
一人で探ることにするが、事件において重要な鍵を握っているのは、
警察官僚の篠原亮司《しのはらりょうじ》だった。
怜悧で冷たい雰囲気をまとう篠原は、貴志にまともに取り合おうとせず
「関わるな」と忠告する。しかし貴志は、高慢な篠原に憤りを感じ、
事件の裏側を探ろうと躍起になった。
だがある夜、危険な匂いを漂わせる黒獣のような男に拉致され……。
著 秀《しゅう》香《か》穂《お》里《り》
画 奈《な》良《ら》千《ち》春《はる》
好評発売中!!

ラヴァーズ文庫
Lovers Label
ディープフェイス
～閉《と》じ込《こ》められた素顔《すがお》～
下
deep face
『俺』の引き金を
引いたのは、誰でもない、
お前じゃないか――。
「これは禁断の果実…。二人で食べたらお互い追われる身になるぞ」。
都内で起きた不可解な殺人事件。
新聞記者の貴志誠一《きしせいいち》は、問題の裏側を探るべく、事件の関係者である
警視庁の篠原《しのはら》に近づくが、篠原の影には、闇に潜む凶暴な男が存在していた。
『リョウ』と名乗るその男に拉致された貴志は、そこで陵辱の限りをつくされ、
二度と篠原の事件に関わらないことを約束させられる。
しかし、残酷にも事件は新たな展開をみせ、貴志の不安を大きく揺さぶった。
事件の真相を知る人物は篠原の他にもう一人。
危険と知りながらも貴志はリョウを呼び出し…。
好評発売中!!
著 秀香穂里《しゅうかおり》
画 奈良千春《ならちはる》